U0525657

有爱的青春陪伴者

我策划了他的婚礼

有厌 著

图书在版编目（CIP）数据

我策划了他的婚礼 / 有厌著. -- 南京 : 江苏凤凰文艺出版社, 2025.6. -- ISBN 978-7-5594-9573-0

Ⅰ.Ⅰ247.5

中国国家版本馆CIP数据核字第2025UD0137号

我策划了他的婚礼

有厌 著

责任编辑	王昕宁
特约编辑	狐小九
责任校对	言 一
责任印制	杨 丹
出版发行	江苏凤凰文艺出版社
	南京市中央路165号，邮编：210009
网 址	http://www.jswenyi.com
印 刷	天津睿和印艺科技有限公司
开 本	880mm×1230mm 1/32
印 张	9
字 数	156千字
版 次	2025年6月第1版
印 次	2025年6月第1次印刷
书 号	ISBN 978-7-5594-9573-0
定 价	42.80元

江苏凤凰文艺版图书凡印刷、装订错误，可向出版社调换，联系电话025-83280257

目 录

第一章 再见万崇
/001

第二章 曾经那座城
/032

第三章 被中断的婚礼
/076

第四章 临终关怀
/115

目 录

第五章　林薇·不只爱情
/138

第六章　所以生命啊，它苦涩如歌
/176

番外一　万崇·走马灯
/239

番外二　周椰青·难得有情人
/255

番外三　某种老朋友
/273

第一章

再见万崇

我策划了他的婚礼

那天,我在一场相亲会上见到了曾经暗恋的男神。

这场相亲活动是由我任职的婚庆公司和一个婚恋交友平台联合主办的。男女嘉宾各坐在长桌两侧,分别向相反方向移动,逐一交流、互换资料卡。

预报名人数和实际到场人数有出入,为确保活动正常进行,我和同事只能冒充相亲嘉宾顶上。

万崇坐在我右前方,距离我仅剩一次移动。

他面前,也就是我右手边,是一位知性大方的年轻女士,明显对他很满意，殷勤地制造话题加深了解。

密集地接触完十数人，万崇的眼底已见疲态，借着换座位的间隙捏几下山根穴提神，但只要与人沟通，他始终带着礼貌亲和的笑容。

我不敢明目张胆地看向他，只能屏息凝神听着邻桌的聊天，因此几次三番错过对面男士抛来的话题。

一分钟的沟通时间到，又一次移位，终于是我和他面对面。

我手里攥着一沓资料卡，刚才发现他是现场的嘉宾之一时，我便全程不在状态，手里的资料卡一张没往外递，倒有一些素质高的男性并未介怀我的失态，主动递给我资料卡。此刻，这一沓卡片被我攥在手里，被潮湿的汗水湿皱了角。

正当我要说出准备已久的开场白时，万崇主动认出我："好巧，周椰青。"

见我愣怔，他脸上笑意更深："没认出来吗？晴荷一中，2010级，四班。"

万崇语速放慢，在帮我回忆。他五官优越立体，加上又高又白，因此在人群中很显眼，上学时是班里的门面，如今八年流逝，青涩的少年气褪去，身上多了沉稳、谦逊的气质。

他穿一件休闲的藏青色西装，内搭棉质圆领白T恤，整个人放松又清爽。

"是你啊，万……"我刻意停顿，做出思考状，幼稚地掩饰自己早已认出并不曾忘记他姓名的事实。

没等我"回忆"出他的名字，对方已经贴心地给了台阶，自我介绍道："万崇。我们高一时做过半学期的同桌。"

在听他说起同桌的经历时，我承认自己的眼眶开始发热。我不知道一位优秀的演员在电影中会如何演绎与分别多年的"白月光"重逢的场景，我试着梳理自己的情绪，认为这该是一种近乎于伪装失败的狼狈，也是一种如释重负的圆满。

万崇的真诚一如既往地打动人。

我用自己破烂的演技敬业地扮演着一个普通老同学的角色，随着他的提醒，仿佛自己终于想起来般，笑说："我刚要说出来。"我努力保持着放松的姿态，语气熟络地叙旧，"你也在北京发展啊，从事什么行业？"

"刚调来北京，现在在一家汽车公司做工程师。"万崇说着，双手递来一张资料卡。

我没有忘记这是一场相亲活动。愿意把自己的资料卡给异性嘉宾，代表着给出了一个深入了解的机会。

不管万崇出于什么原因这样做，我很不争气地将其理解成通俗的意义。

就像高中毕业那年，万崇给我的那个拥抱。我以为那是一个颇具深意的行为。

我同样没忘记,当年在我因为他而忽视父母的志愿意见,毅然填报了北京的大学后,万崇却滑档去了厦门。

大一开学后的第一个假期,我跨越了半个中国去厦门找他,见到的是他向另一个女孩告白的场景。

我垂眼看着这张薄薄的卡片,轻声道谢后,小心翼翼地接过来。

接下来的聊天内容无关痛痒,两个人的工作情况、北京的气候和饮食、上一次回老家晴荷是什么时候、为什么没去同学聚会,等等。

大多数时候是万崇掌握聊天的主动权。

我觉得他变了,又似乎没变,健谈但不说教,热情却不冒犯。未曾谋面的八年时间里,我强迫自己不打听他的消息,偶尔也会自欺欺人地庆幸自己空有老同学、前同桌的身份,但一直没有他的联系方式和社交账号的好友,这让自己的世界清净了很多。

我此刻的回应虽然被动,但很矜持地维持着一个体面的老同学形象。

一分钟的沟通时间很快截止,我礼貌地冲万崇笑了笑,然后向左移动一位,而万崇则移向了另一个方向。

我和他之间再次有了距离。对面的稳重男人同我聊天时,我依旧不断地用余光观察着万崇,就像遥远的高中时光中我曾无数次做过的一样。

因为这个小插曲,原本这场信手拈来的活动变得格外消磨人的精神。活动结束后,我只觉如释重负,竟然有些怕面对万崇。

思来想去,最大的原因,大概是怕失控。

毕竟人不该踏入同一条河流两次。

数十位嘉宾陆续离开,场馆一下子就空了,我和助理小敏留下做善后的工作。

"青姐,你收到的这些男性资料卡需要一起丢掉吗?"我手下的实习生工作积极,性格外向,跟我相处起来没有距离,很自然地开起玩笑,"哇,青姐,你这也收太多了吧!不愧是我们缘合的颜值门面!"

我喜欢她这般青春洋溢的状态,觉得相处久了,自己也跟着年轻。

我笑了笑,忍住从中挑出万崇那张资料卡的冲动,平静地道:"都丢掉吧。"

此刻的态度虽然决然,但当我拿着记录此次活动的单反相机查看助理今天拍的照片时,下意识地在男嘉宾出现的照片中，找寻有没有万崇。

何必呢？

我心中叹气。

平心而论，我是感激万崇的。是他让那个高中时不起眼的"龅牙妹"找到了自我，拥有了梦想，坚定了脚步，看到了生活的美好，也收获了拼搏的勇气。但同时，也是他，令人陷入怀疑、迷茫，甚至是崩溃。

我自诩是强大的，是独立的，是自信的，在工作中无所不能、不惧挑战，在生活中满怀希望、积极向上。当然，这个前提是，我的世界没有万崇的参与。

看，今天就是个例子。万崇的出现，让我在一个小型活动中都能手脚出汗、浑身发麻、思绪卡顿，我很久没对什么事情感到紧张了。

"打扰一下。"突然传来的万崇的声音打断了我的思绪。

我偏头，看到万崇出现在不远处，在和小敏说话。

万崇如今的颜值依然能打，气质不俗，小敏作为颜控，跟他说话时声音明显温柔了很多："先生，有什么事吗？"

我注意到万崇朝我这边看了眼。他用手指着我，对小敏说："我找她。"

我已经不自觉地站直身体，看着他款款走近，看着他英俊出挑的脸庞上露出好看的笑容。

很快,他在我面前停下,语气熟络地说:"刚刚顾着聊天忘记了,方便给我一个你的联系方式吗?"

啊?

我承认自己有些慌乱,手里的单反相机搁下不是拿着也不是,怔了片刻。

万崇解释:"我今天着急离开,不方便多聊,想改时间联系你。"

我飞快地眨了下眼,终于回神,从包里取出手机,调出微信二维码,方便他扫。

"抱歉,顾着聊天,忘记给你资料卡了。"

万崇成功添加到好友,便走了。

我目送着他离开的背影,心脏"怦怦怦"加速跳动,大脑亢奋得觉得自己刚刚那番心理建设都是徒劳。

小敏起哄叫着"青姐",过来推搡我的手臂:"有戏哦。他真的好帅,你快点拿下!"她显然十分激动,喋喋不休地说起来没完,"嘉宾登记时,我还以为他是主办方请来的托。你不知道,有几个女嘉宾来参加这场活动的兴致并不高,本来打算领个免费纪念品便回去的,结果看着他后,表现得可踊跃积极了。"

我被晃得东倒西歪，硬生生被晃出了笑容。

小敏这乱点鸳鸯谱的想法逗得我无可奈何，而万崇去而复返的行为好像让我看到了一棵有结果的绿树，一棵年少栽下，经历过干旱、洪涝等恶劣气候枯死，但根系于无人在意时往肥沃土地里深扎、汲取养分，终于迎来了重新开枝散叶的树苗。这坚强震撼的生命力，让人很难不怀有它终有一天会开花结果的期待。

我嘴上不敢得意，泼下冷水："好了。八字还没一撇呢。下班！"

我垂在身侧的右手却紧紧地抓着刚添加完万崇微信的手机，生怕刚才的事情是一场自己杜撰、臆想出来的，主题为"重逢"的幻想。

那次见面后，我养成了一个习惯——频繁地检查自己的手机是否设置为静音模式。

虽然我早已养成一天二十四小时为工作待机的习惯，如果有谁打来电话，我一定会接到的。

可为什么万崇一直没有主动联系我呢？

是工作太忙，还是出差了？

我其实是有些失落的。那盆冷水切切实实地泼下来，他主动要联系方式并不能意味着什么,或许是为了向家里交差?

为了不让自己胡思乱想,我把不工作的时间安排得满满当当——上服装设计的课程、健身、学插花,还找了两家新开的中式餐厅去打卡。婚礼策划师这个职业,需要具备的技能体现在生活的方方面面,我所谓的放松,也是变相的工作,准确地说,是为工作积累素材,保持职业敏感度。

可我再忙也忍不住想起万崇,看到天空会想到他,看到绿树会想到他。我最终还是没忍住,找闺蜜打听了他。

闺蜜房露在一家猎头公司做总监,有自己搜罗消息的门路,没怎么费劲便把万崇查了个底儿掉。

"挺优秀的。他那个公司总部在厦门,北京这边是个分公司,尚在开发建设阶段。万崇是主动申请调岗的,不仅带走了一批忠心的团队,还把他的领导一起带了来。"房露简单说着他的情况,最后职业病地补了句,"如果他什么时候有离职的打算,你提前跟我说一声。你这位老同学是公司的中流砥柱,谁挖走他,就等于带走了一支骨干团队。"

听到万崇被人夸,我莫名地有种与有荣焉的心理。可房露的后半句说完,我便清醒了,以我和万崇的感情程度,怎么会知道他的职业规划。

"我和他不怎么熟。"我遗憾地说,盯着自己的指甲,发呆中。

房露敏锐地捕捉到我情绪里的微妙之处，语气打趣道："有情况啊？"

房露那边有照片，已经看过了，不仅认可他的能力，对他的形象同样认可。

我支支吾吾，有些不好意思地承认："那什么，我前几天不是组织了一场相亲会嘛，在活动上碰见他了。"

如果我要跟谁说说心里话，那就只有房露了。我俩是大学同学，不过不是同宿舍的室友，连专业都不同，更不是同一级，她是高我两级的学姐。怎么说呢，我们之所以玩到一块去，只能感慨缘分的奇妙。她的前男友是我在话剧社里认识的学长。

我那时是刚进大学的愣头青，被道行深的学长带着更快地适应了大学环境，感情一点点变深。如果非要说有点什么，那大概在友达以上、恋人未满的阶段停留了很长时间，当时算不算在一起呢？我其实都不好定义，稀里糊涂的。那个学长为人处世挺有章法的，但就是对感情很渣。我发现他在撩我的同时，还在游戏中跟一个女玩家暧昧不清，便及时悬崖勒马，跟他撇清了关系，不打算往来了。

我跟房露就是那时候认识的，有了共同的敌人，相处时便有说不完的话题。我们都不是爱在背后嚼人舌根的性格，但

有时候气愤的情绪达到峰值,总忍不住吐槽发泄一下。

我在陌生的大环境里有些慢热,但对人与人相处时的小细节极其敏感且在意。房露不知道是不是比我年长两岁的关系,很会照顾人,我一一捕捉到,同样真诚地对待着她。所以除了聊男生,我们在生活中也不断有接触。久而久之,我们便熟了,于是,一年、两年、三年,我们无话不谈,关系越来越亲密。

工作后尤其是。

我觉得这挺难得的,所以很珍惜这份情谊。

"他主动要走了我的联系方式,却一直没联系我。你说这是为什么?"

房露用一两秒时间理解了这句话,一语中的地反问:"你喜欢他?从前在意的男同学?还是那天一见钟情了?我看照片是挺帅的。"

我言简意赅,回答:"是从前。"

我这个回答显然让房露陷入了短暂的沉默。作为在社会这个大染缸里浸泡了几年的人,情啊爱啊早已不是必需品,很容易走向要么游戏人间及时行乐,要么找个适婚对象步入婚姻相夫教子的两个极端。还会记得曾经很在意的男孩吗?可能记得吧,但有什么意义呢?

岁月这把杀猪刀没有让意气风发的校草变成大腹便便的

油腻男，已经很难得了。难道还要要求他像高中时一样纯真阳光吗？也太贪心了吧。

"我问你，如果他只是你在工作中遇到的异性，没有暗恋对象这层滤镜，你会怎么看待这个人？"房露看待问题一向现实。

"我……"我其实不知道。我觉得自己现在很难对什么人动心，展露在人前的性格越来越随和，可社交的标准越来越挑剔。哪怕对方再帅再优秀，如果不合我的眼缘，我都不会行动。我没法绝对地回答抛开暗恋对象的前提，会对万崇是何种态度。

大概率不会。

这是我得出来的结论。

但是抛不开这个先决条件，我没办法公正地质问自己的内心。

要允许在任何比赛中，有的人光是站在那里，便已经领先了。

房露了解我，估计已经猜到答案了。她沉思片刻，继续问："我很好奇，他高中时为你做过什么事，值得你多年后再见，依然小鹿乱撞？"

"没有什么特别的事。"的确是这样，我说得更准确一点，

"只是我单方面地喜欢他。"

房露了然,对此见怪不怪,道:"那在很大程度上,你怀念的只是当初喜欢的那种感觉,除此之外,你们之间并没有很深的羁绊。故事想要展开都找不到落点啊。所以你不要抱希望,该生活生活,该工作工作,像对待一次平常的人际关系一样去对待它。这样做会最大程度地保护你。"

那天,我跟房露聊了很久,顺便约好周末一起吃饭。结果到了周末,对方临时被通知回公司加班无奈"鸽"掉。

我习惯了。打工人的时间永远没办法完全交由自己掌控,过去我和房露不知道"鸽"了彼此多少次。

餐厅已经预约好了,是一家挺难订到座位的餐厅,我想着那就自己一个人去吃。谁知等我到餐厅包间时,又被服务生告知包间有最低消费,建议我换到大堂。

就在这时,我又一次见到了万崇。

万崇陪着父母来就餐。两位长辈样貌端正,衣着朴素,神态慈和,家风淳朴正派。

"是你啊。"依旧是万崇主动打招呼。

我礼貌地笑着:"巧。"

万崇看服务生重新布置三人份的餐具,说:"谢谢你把包间让出来。"

"赶巧我被朋友放了鸽子,算不上让。"我说。

万崇爸妈询问儿子我是谁:"小崇,遇到朋友了?"

我很坦荡地自我介绍:"叔叔、阿姨好,我是万崇的高中同学。之前总去您家的水果店,估计你们已经不记得了。"

他乡遇故知。年轻人对此可能没特殊的感觉,但对故乡感情更深的老一辈会由衷地激动。

万母上下打量着我,热情又主动地拉住我的手:"难怪觉得眼熟。怎么会不记得,你叫周……周椰青对吧?你的名字太好记了,以前你总来店里买椰青。"

小时候还觉得老妈给自己取这个名字太随便,没想到如今占了名字的便宜。我有些不好意思地笑。

万崇要插话,被万母打断:"小崇,我的丝巾好像落在大堂的座位上了,你去帮我找一下。"

等万崇走开,万母拉着我的手,又问:"你在北京做什么工作?"

"婚礼策划。"我略停顿,不着痕迹地补充道,"如果万崇要结婚的话,可以找我公司负责。"

"他结婚还早呢,连个对象都没有。"万母叹道,"他刚调来北京工作,正是适应阶段,顾不上考虑,前几天还是我

给他报名了一场相亲会。"

"这样啊。万崇高中时就很受欢迎,不愁的。"

"你们年轻人聊得来,我和他爸跟他……那个词怎么说来,有代沟。"万母仍然拉着我的手,语气跟家里熟络的长辈如出一辙,"你父母身体还好?现在也到退休的年纪了?"

"他们身体挺硬朗的,都退休了。我爸被返聘回学校继续教书,我妈每天就在社区跳跳广场舞。他们也是总操心、催着我结婚。我们年轻人都明白的,父母操心是为了我们好。"

万母继续说:"大城市的小年轻结婚都晚,你不着急,你爸妈肯定着急。一个女孩子在北京生活,做父母的哪能不担心。结了婚有人照顾你,相互扶持,日子能过得轻松一些。"

万母又说:"你看你跟小崇是高中同学,又同在北京工作,这就是缘分,以后你有事尽管支使他,修个水龙头、通个下水道之类的,他都能行。"

我大胆地揣测着万母话里的深层含义,应了声"是",朝万崇离开的方向望了眼,委婉地说:"叔叔、阿姨,你们把他培养得很优秀。"

"那你们平时一定要多联系。等回晴荷来阿姨家吃饭。"

万崇这趟去得有些久。因为万母的丝巾确实落在那儿了,被打扫的服务生收到了前台的失物招领处,万崇去取回,中途又接了个电话。

他回来的时候，我已经添加了万母的微信好友。是万母主动提议的，说和我聊得来。

我收起手机，借口有事，没打扰他们一家人用餐，跟万崇简单地打了个招呼，便离开了包间。

饭吃得不顺利，但收获意外之喜。

在微信上和万母聊天时得知，她和万崇的爸爸打算在北京旅游几天再回老家。于是，我根据之前带父母游玩北京的经历整理了几条经验，分享过去。

之后几天，万母时常会主动发几张自己在景点的打卡照，我每次都很捧场地回复。

但万崇一直没有联系我。

这天，工作日，我坐在茶水间等水开，发着呆。

一旁的小敏正捧着手机给朋友的感情问题支招："啊……你得主动，主动才有故事啊。哎呀，怎么会不矜持呢？你先追，追到差不多了，再矜持才行。欲擒故纵不是一上来就'纵'，你得先'擒'。你想啊，他都主动要你微信了，就说明有想法，你让他知道你也有想法，他才愿意再往前走一步。"

我仿佛被这个理论说服，不自觉地偏移过视线。

小敏察觉到我在盯着她,主动解释:"我闺蜜遇到一个心动对象,巨帅。"

我笑了笑,说:"祝你闺蜜成功。"

离开茶水间,我坐在工位上,盯着手机思索下班后联系万崇的理由。

找什么好呢?说朋友给了两张电影票,或者有一张火锅店的打折券?作为婚礼策划,不是该有挺多招吗?怎么一到自己的事上,就犯了蠢。

我正纠结着,被手机突然响起的铃声吓了一跳。等看清屏幕上显示的来电人时,我瞪圆了眼。

是万崇。

我故作镇定地捋着桌上绿植的叶片,接通了电话,幼稚地假装自己不知晓这个号码来自谁,只简单地"喂"了声,仿佛这样自己在感情中便能占据上风似的。

"我是万崇。"听筒里传来的男声磁性动听,我心脏加速跳着,听他说明来意,"想问你下午忙不忙,方便见一面吗?我有件事情想请你帮忙。"

"好啊。"我说。

我感觉自己嗓音发颤,因为激动。但我保证,我已经努力克制了。

见面时间在半小时后,地点在缘合附近的一家咖啡馆。

虽然不清楚万崇要我帮什么忙,但我已经不想猜了。我很认真地补了妆,在今天穿的通勤装上多搭配了一条亮色的丝巾,便心情澎湃地出门赴约。

咖啡馆内装修风格很小资,放着悠扬婉转的小提琴曲。

我进到店里,遥遥看到早已就座的万崇后,动了动嘴角,让自己笑得不至于太外露。

但等我走近,看到万崇的里侧、刚刚被前面座椅椅背挡住的位置上,还坐着一个年轻美貌的女人时,我真正笑不出来了。

两人举动自然,万崇耐心又细致地帮女人整理着刘海,亲密极了。

我表情僵硬地叫了声万崇,然后在两人的注视下坐到对面的空位上。

"没耽误你工作吧?"万崇指着身侧的女人,主动介绍,"这是我女朋友,林薇。"

我自然是认识林薇的,和我与万崇一样,也是晴荷一中的学生,不过跟我们不同班。她大学考去了厦门,正是万崇大学时的女朋友。

林薇礼貌地笑了笑:"你好。"

我竭力保持着体面,打过招呼后看回万崇:"你找我来,

是有什么事？"

万崇叫来服务生让我先点单。我在崩溃的边缘挣扎，点了一杯店里最苦的咖啡，然后等待着万崇的答案。

万崇在桌上牵住林薇的手，用手指慢慢地摩挲了几下，语气温柔地说："我和小薇想请你为我们策划一场婚礼。因为时间比较赶，联系过的几个策划都说安排不了，不知道你有没有时间？"

我出于职业本能，询问关键点："婚期定在什么时候？"

"这个月月底，最迟下月中旬。"回答的是林薇。不知道是不是因为我太难过了，我依稀感觉到林薇在回答时，神情并非即将步入婚姻的人应有的期待和甜蜜，而是有一种我看不透的苦楚，仿佛这场婚礼是一个不情愿甚至很抗拒的选择。

"打扰一下。您的卡布奇诺，请慢用。"服务生把咖啡放到我面前。

我道谢后，又向服务生点了两杯咖啡外带给团队的成员。

这期间，万崇的手机响起，似乎是工作电话，林薇让他回公司，说自己一个人可以。

万崇没犹豫地拒绝，说自己请过假了，改口关心她累不累，累的话改天聊。

林薇轻轻摇头，和煦地浅笑着说不累。

我脑海里突然闪过一个画面，好像是高中时的事，忘记是因为什么了，万崇骑车载林薇去哪里。当时是秋天，万崇脱下外套叠了几下放到自行车后座上当坐垫，再让林薇坐上去。那场景中，万崇细心又贴心。学生时代的万崇是班长，对男生仗义，对女生亲善，很少跟人急眼，永远游刃有余地处理人际关系，但他对林薇好像是另一番上心，过于小心翼翼了。确实是不一样的态度，骑车载她都担心车座硌到她。

我突然想到一句话：当你是什么人时，你身边的人便会以什么姿态对待你。所以想要别人重视、在意你，你需要先在意、重视自己。林薇不是个矫情脆弱的人，但在别人眼中，她是需要被捧在掌心里的公主，那她就值得被捧在掌心里。

我抿了口咖啡，看这对恋人亲密又互相体贴地相处着，泛涩的苦意在唇齿间溢开。

万崇接着方才婚期的话题对我说："月底是有些赶……"似乎是为林薇的要求找台阶。

"如果你们的仪式不烦琐的话，倒是有机会实现。"我把咖啡杯搁下，很认真地帮他们分析，"好一点的场地要提前半年预订，你们时间太紧张，估计很难找到满意的场地。你们的婚礼，预计会邀请多少嘉宾？我联系看看有没有可以捡漏的。"

万崇说："我简单做过功课，小薇一直很喜欢室外草坪婚礼，温馨些，热闹点。来宾的话预计百——"

"十几人。"林薇及时出声纠正。

万崇向女友望过去，林薇对他解释："两边的父母，再叫几个亲近的朋友，就可以了。"她声音放轻，不自觉地撒娇，语气善解人意，"我不想铺张，而且人越少，场地越容易联系。"

万崇揉了揉女友的头发。林薇笑了笑，顺势向我寻求声援："我说得对吗？周小姐。"

事实确实如此。结婚这种喜事，老一辈喜欢大操大办，热闹喜庆，好一点的场地非常抢手。如果是十几个人的规模，可选择的空间要大很多。

我应了声"对"，又问："这个规模的草坪婚礼，我晚些回公司整理几个地点供你们选。"

我经手的项目算不上多，但质量都很不错，在业内很有口碑。能有这样的成绩，我的工作效率自然是极高的。

记下关键信息的同时，我在脑海里有了一个初步方案："场景布置上有什么特别的想法吗？比如你们恋爱过程中有纪念意义的物品、喜欢的色彩，或者特别的时间，我会尽量融入现场的布置中。如果不介意的话，可以跟我聊聊你们的恋爱过程，比如是谁先追的谁？"

我感觉自己这些问题问得有些夹带私活，但这的确是一个婚礼策划该从新人那里了解的。

"你来说。"林薇推万崇。能看得出来,她很崇拜和依赖万崇,一个人的肢体动作和眼神骗不了人。

"我和小薇大学加入了同一个辩论社,经常一起查资料、讨论辩题,吃饭也一起,她这么可爱,很难不让人喜欢。"万崇的表达能力仿佛退化了,又好似有什么不忍心说的往事。

我耐心听着,试图分辨出什么。

林薇不满意男友的直男描述,对我道:"还是我来说吧。你都不知道,他有多难追。"

万崇:"有吗?"

"有!"这刻的林薇充满活力,精神满满。

她回答完男友,向我分享道:"他到现在还不知道呢,太迟钝了。早知道不隔三岔五给他带酸奶了。"

林薇高中时便长得漂亮,会打扮,如今一张脸素净,五官依旧精致出挑。

此刻她完全是秀恩爱的语气,显然没有丁点儿后悔,慢悠悠地说:"我记得有比赛的时候,我们会在辩论社忙到很晚,结束后我想和他多待一会儿,但又不想直说,就假装怕黑,暗示他送我。第一次牵手则是因为我们俩当时去玻璃栈道玩,我假装怕高主动抓住了他的胳膊。"

万崇于事无补地解释："我知道。"

林薇"喊"了声，问："那你知道，我不仅不怕黑、不恐高，也不害怕虫子、不挑食吗？"随后她语气正经些，总结，"我其实比你想象的要独立坚强，真的。"

万崇没有说话，深邃漆黑的眸子里是心疼，仿佛不喜欢林薇犯倔逞强的样子。

林薇很快把视线移回我身上，继续说："我本以为他对感情不开窍，都做好追一个学期的准备了，没想到大一的国庆假期，他主动跟我表白。我们俩就这么迅速在一起了。"

我开起了玩笑，打趣道："不是高中时偷偷动了心？"

我以为这样的玩笑无伤大雅。

"是大学。"但没想到万崇的反应很激烈，他答得斩钉截铁。

这带着强调意味的语气让我觉得有些古怪。我以为是自己的状态太差，没办法支撑我平静客观地完成此次沟通，因此沉默地没深想。

相比之下，林薇表现得便自然很多："说起来有些遗憾，高中时我跟阿崇接触得少，对他印象也不深，考到同一所大学才真正熟悉起来。"

我记得很清楚，林薇当年是因家人的工作变动从北京转学到晴荷一中的,晴荷是北方的一个小县城。

这座经济较为落后的重工业城市,空气质量很差,天空常年是灰蒙蒙的。

我和万崇是土生土长的晴荷人,而林薇是大北京来的牡丹花,耀眼骄傲的富商千金,也只有她有底气说高中时对万崇没什么印象。

我简单了解完他们的情况,便结束了此次的沟通。

傍晚我在公司加了会儿班,为了避开地铁的人流高峰,也为了尽快做一个草坪婚礼的方案出来。

曾经,我不止一次地思考过,万崇会喜欢什么样的女孩。

他很聪慧,不仅体现在学业上,生活中他也表现得比同龄男生沉着很多。但他又不喜欢卖弄,没有傲气,也从不故作老成,因此依旧可以轻松地和同龄人打成一片,身上有很强烈的少年气。

他和林薇站在一起,俊男靓女,当然般配。如果抛却我对万崇的情感滤镜,我甚至都会觉得是万崇高攀了。

所以,我没什么好不服气的。

我在公司待到天黑,浓重的夜色下,地铁站已经变得冷清。

回家的途中,我跟房露在电话里聊今天发生的事。房露听完，同样大受震撼："……所以，他有女朋友且都打算跟对方结婚了，还去相亲会？啧啧啧，这举动挺雷的，不敢恭维。"

"我听那意思，相亲会是他妈妈让他去的。"我忍不住为万崇说话。

房露并未因此对万崇改观，坚持道："也就是说，他妈妈对这个女朋友不满意，或者压根不知道这个女朋友的存在？后者可能性小一点，但不论是出于什么原因，没有协调好两代人的关系且出了这样的岔子，而且还在相亲会上让你误会他对你有意思，足以说明这个男人情商挺低的，不会办事。"

我想替万崇解释一下，可半天找不到合理的理由。

我心里大概也是偏向这个解释的吧。

"要我说，你要貌有貌，虽算不上绝世大美人，比不了大明星，但在咱们普通人中，已经算是上等了；社会地位不差，要钱有钱，虽比不上富二代，也没有北京户口，但出去旅行坐得起头等舱，四位数的酒店住起来不心疼，已经胜过很多人了。谈什么老同学，是北京的优质男不给力吗？"

我被房露逗得"扑哧"一笑，回了句"哪有你说的这么夸张"。我还是很有自知之明的，工作，只能算体面，一旦离开北京，人脉啊，资源啊，都是浮云。这些东西只有当你在这个位置上时，才是真实的、可置换的。至于长相，那更是她瞎吹了，我顶多算清秀,三分长相,七分打扮,气质出挑,是加分项罢了。

房露语气轻快:"哪有夸张?我这么实在的人,只会实话实说。"

"行。我信你。"我捧场地附和。

房露"嗯哼"了一声,又聊了些有的没的,聊工作聊生活聊八卦,我们总有聊不完的话题。这个点的地铁空荡,除了列车运行过程中发出的噪声,车厢内十分安静,不影响两人有一搭没一搭地聊天。房露估计是见时机差不多了,适时地开口询问:"开心点了吗?"

说是友情,但更多时候是房露在照顾我,关心我的生活,在意我的情绪。我心里自然是感动的,沉默了一两秒后,我心虚地嘀咕,自己也说不清这话的真假:"我没有不开心,就是觉得这两个人奇怪。"

尤其是万崇声称自己大学时才开始喜欢林薇的模样,有些古怪。

思绪逐渐被过往的回忆霸占,我试图从中揪出一点儿关键的蛛丝马迹。当地铁窗外的风景几次变暗变亮又变暗后,我突然想到,高中的万崇和林薇也不是全无接触的。

林薇是高二转来一中的,刚开始没跟我和万崇同班。但高三那年,学校要压缩班级数量,林薇所在班级的学生被拆分到其他班级中。林薇因此来了四班，成了万崇的同桌。

不过，林薇在四班没待多久，便转走了，据说是回户籍所在的北京参加高考。

那段时间，万崇爸爸在给水果店进货的路上发生车祸，在医院里住了很久，万崇经常请假，缺席了好几次班里的测验。

我记得万崇销假返校的那天，正好是林薇离开学校的日子。

和林薇相熟的同学都来四班送她，有带礼物的，有说以后一定不能断了联系的。

当时教室里格外热闹，林薇的课桌旁尤甚。

万崇在学校、医院、水果店三头跑，没休息好，课间时趴在课桌上补觉。

我担心他睡不踏实，但又没理由提醒大家小声一点。

因此，我对这个场景记得格外清楚。

从地铁站出来，我被翻涌的空气一吹，突然开始质疑自己的记忆。林薇当时是转学了吗？我怎么记得班里拍毕业照时，她也在呢？

当年拍毕业照的时候，班里很多人因为不舍得分别而抹眼泪，气氛煽情极了，有人彼此交换着同学录，有人互相拥抱说真诚的寄语。

万崇是其中之一。

他本就不是个情绪外露的人,偶尔张扬但有分寸。自打父亲车祸住院后,这个十八岁的少年像被人打断了脊梁似的,消沉了很久,话少了,做事更专注了。

高三一整年,他的情绪都不高涨,团体活动参加得少了,每天坐在教室里要么闷头学习,要么望着窗外发呆。

拍毕业照这天,不知道是不是因为刚公布的三模成绩万崇发挥得很好,我注意到他格外开心。

他和好兄弟推搡着说笑打闹,好像一下子回到了高三之前、回到了万父车祸之前的样子,眼睛里有了明亮的光,久违的意气风发。

我由衷地为他感到开心。

当他陆续和班里的同学包括女生拥抱时,我故意从他面前经过,祈祷着收获这份幸运。

他真的叫住我了。

他说:"周椰青,祝你考上理想的大学,前程似锦。要抱一下吗?"

我眼里随之映上他眼睛里的光,心脏跳疯了,马上要蹦出嗓子眼。

那时,我已经摘了起矫正作用的牙套,因为被老爸带着一起高强度训练而晒得黝黑的皮肤捂白了很多,虽然因为备考时间紧张不允许过度打扮,发型是毫无造型可言的齐肩短发,刘海因为不能遮挡视线被剪到眉毛以上显得有些丑,但已经比高一入学时多了些女孩子的秀气。

我生怕他反悔,却又不想因为太快回应而暴露自己的激动情绪,因此努力表现得平静:"好啊。希望你能顺利考去北京的大学,日后的每一天都可以像今天这般开心。"

"谢谢。"他说。

那是一个绅士且短暂的拥抱,我却记了很多年。

人在过于喜悦的时候就容易犯迷糊,参考范进中举。我带着他手臂的余温,试图故作镇定地走出教室,但没等走几步,便撞到一个女生,彻底暴露了我的慌不择路。

那个女生就是林薇。

面对我的连声道歉,林薇大度地摇头,不计较我把她的鞋子踩脏,反倒温柔地提醒我"当心一点"。

可我为什么会突然关注到她?为什么对这个细节有深刻印象呢?

当年那天,被我偷偷关注着的万崇,他的注意力有意无意地落向了何处?

他拥抱班里每一位女同学时,余光瞥向了谁?

以及，他如此反常的开心又是因为什么？真的是因为三模的成绩吗？

我试图从回忆中找寻答案。

// 第二章
曾经那座城

我策划了他的婚礼

我是升入高中后才认识万崇的。

开学第一天的报到日,在未安排座次的情况下,来自同一宿舍或者来自同一初中的学生抱团坐在一起。

我在班上没有初中认识的同学,也不住宿舍,一个人挑了张空位坐着。我不会因为落单而感到孤独,甚至有些庆幸。

学生时代大家好像很喜欢给班上同学取外号,恶意的,或者毫无恶意的。因为我手劲大,跟男生干架从来没输过,也能一个人扛起桶装水给班级饮水机换水,初中时被人恶作剧地叫了好几年"母老虎"。我并不喜欢这个称号，但当我以暴制暴挥着拳头想要制止时，大家叫得更欢了。我本以为上了高中，来到新的环境，周围是新的同学，这个外号会被遗忘。

事实上，并没有。

分在同楼层其他班的初中同学从四班教室外路过时，看到我后扒着窗户喊："母老虎，原来你在这个班啊！"

因为他这一嗓子，周遭不少同学不约而同地朝我望过来，其中就有万崇。

我之所以记得，是因为万崇很出名。他被班主任安排为临时班长，给同学们留下了深刻的印象。越来越多有关他的信息在同学间传开，入学成绩年级第一，篮球打得好，主要是人长得帅，据说初中时是校草。"上了高中，校草肯定也是他。"知晓最多八卦的那名女生如是预测。

万崇望向我的那一眼很平静——不带任何有色眼光，不会试图根据这个称号定义我这个人，只是靠在桌子上跟朋友闲聊时不经意扫过来的一眼。他大概都没确定这叫的是谁，便收回了视线。

我震惊于自己竟然注意到了，这像是某种预兆般，我和他的人生轨迹注定拥有了交集。

相较于其他同学对这个外号或好奇或看热闹的眼神，万崇的平静让我对他有了一层不错的滤镜。

我承认这是不公正的认知，但我当时头脑发热，擅自坚持了这个看法，尤其是当我和万崇成为同桌，更深入地了解过他这个人后。

万崇是个很随和的人，这个随和体现在他跟老师、同学，甚至是门口的保安和校园里的清洁工都能相处得很好。他明明是个优秀得与人隔出距离感的人，但性格中没有锋利的成分。他不健谈，但也不冷漠，不热衷于玩乐，但绝对不是一个无趣的人，一些互相矛盾的特征在他身上有了非常融洽的体现。

成为同桌的头两周，我们如同寻常同学一样，除了一些同桌关系该有的互动，没有特别的接触。直到一次黑板报的活动，身为班长的万崇向老师举荐我来负责。因为"母老虎"这个外号的传播，我在四班小有名气，青春期的爱美心理让我对此十分困扰。这两周我过得并不算开心，跟同学们接触得也少。我没想到万崇竟然会注意到我自习课或者课间在书本上勾勾画画的图案，以此判断出我的绘画和设计功底。

"周椰青同学的审美很好，我相信她可以胜任这次的板报评选。"万崇当着全班同学的面，在班会上如是对班主任引荐道。

我紧紧捏着手指间的笔杆,盯着万崇看了好久好久。

我从小喜欢绘画和设计,但从未得到过父母的支持。他们把我养成了一个假小子,学武术、练体育,遇到事情不可以哭等等。万崇的盲目认可像是黑暗夜空中骤然点亮的一束光,吸引得我挪不开视线。

为了不辜负万崇的信任,我硬着头皮应下来。班主任并不放心全权交给我,另外找了一个同学和我搭档负责。因此我深知,万崇的信任有多珍贵和难得。

我对这次的任务感到前所未有的紧张,一是担心自己的能力能否胜任,二是万崇对我的关注,我不想让他失望。

和在学业上与训练中不想让父母失望不同,我对万崇的这种情绪似乎更纯粹一些。

渐渐地,我在四班同学口中,开始有了另一个代号"万崇的同桌"。

我甚至听说,有同学在万崇面前叫我"母老虎"的外号,被万崇出言提醒:"这个外号不好听,以后不要这么叫。"

那同学反驳说:"周椰青自己也没说什么,没什么事吧?显得多亲切啊。"

向我描述这个场景的同学说,当时万崇的表情很严肃,一瞬不瞬地把人盯得直心虚,随后语气认真地说:"别人不计较是不想显得太小气把同学关系闹僵,如果有人叫你这个称呼你会开心吗?"

我无从考证这件事的真假,万崇也没有跟我说什么,我们依然维持着普通得不能再普通的同桌关系。

当然这是外人眼中,以及万崇眼中的印象,我贪婪地不想止步于此。我绞尽脑汁地刷新着万崇对自己的印象,不是为了获得类似被他举荐完成黑板报这样的机会,而仅仅是希望他对自己产生丁点儿好感或者兴趣。

比如字迹越来越工整的笔记,比如永远整洁干净的课桌,再比如我和他越来越多的共同爱好。

我心机地保持人设、投其所好,哪怕半学期后,我和万崇不再是同桌,我依然保持着这个习惯。

我抱着侥幸心理,等待着万崇的视线光顾,哪怕余光也好。

就在我以为我们的关系终有一天会在时间中水到渠成地日益亲近时,林薇出现了。

晴荷成为热门旅游城市是几年后的事。

在我读高中时,饶是我以家乡为荣,但不得不承认这座尚处于转型中的老工业城市,天空常年被大片的雾霾笼罩,人的眼前仿佛蒙了一层灰色的帘子。

林薇是高二上学期转入晴荷一中的,正值夏末秋初,天高云淡,难得的好天气。

她如一只毛色鲜亮的孔雀,栖息到了这所当地有口皆碑的重点中学里。她站在讲台上自我介绍时,说擅长钢琴、大提琴,会跳芭蕾舞;运动类擅长打棒球、射击,但长跑一般;说喜欢旅游、滑雪、摄影、烘焙;理想是成为一位优秀的建筑设计师。

她流利大方的表现让底下的同学瞪大了眼,当然,这反应有她漂亮皮囊的加成,也有震惊于她的特长爱好丰富得让人怀疑这是少年宫招生广告上的内容。

哦,对了,十四岁的我只在影视剧里见过少年宫的样子。小镇教育和首都教育的差异不是用时间可以追平的。

在她的光环之下,大家被衬得灰头土脸。

不过我并未因为她的出现而感到自卑,我对人情世故开窍迟,因此不觉自己有什么地方比别人差,自己做了什么会引起别人的意见,用现在的词来说就是"普信",普通却自信。

我爸年轻时是省队的运动教练,退下来后在本地一所专科院校担任体育老师。我从小被他以训练运动员的标准来要求,冬练三伏夏练三暑,鹅蛋脸被晒得黝黑。一白遮百丑,而我恰好相反,本不出挑的五官越发普通。

但我爸一直是我强大的后盾,生活上、精神上,就比如当我被监考老师冤枉作弊，我爸被请来学校后，并未率先批评我，而是问老师要证据，他说相信自己教育出来的女儿的人品。这让我有很强大的精神内核，遇事自信，不畏惧。

我因此未曾主动关注过林薇，一门心思投在万崇身上。

第一次注意到她，是周一的升旗仪式。

林薇作为优秀学生代表在主席台上演讲，讲到一半时，毫无征兆地晕倒。而那周万崇是升旗手，距离她最近，第一时间把她抱去了医务室。

万崇在校园里小有名气，因为样貌帅气，一入学便被选中拍摄一中的招生海报。而他成绩优异，一直保持在年级前十，更难得之处在于他不是苦学习的书呆子，德智体美全面开花，兴趣爱好虽比不上林薇的那般新鲜高大上，但绝不是一个无趣的人。

我那时忍不住关注他，注意他打完球会买哪一种饮料，注意他在食堂吃饭常买哪几样菜。如果某一天自己跟他穿了同一个颜色的衣服便会没来由开心，如果他上课时被老师提问那我一定会立刻扭头看他。

所以万崇抱起林薇飞奔去医务室后，我担心地往前挪了一步想追着一起去。

幸而及时冷静下来，停止冲动。

万崇是踩着上课铃声回教室的，刚一回到座位，旁边几个男生便围凑过去起哄。我离得远，听不清他们说什么，只能遥遥地注意到他故作轻松且无奈的表情，我猜是跟林薇有关吧，

因为几节课后，班里有男生没底线地问他"公主抱漂亮女同学是什么感觉"。

那男生在教室里口无遮拦地说他觉得林薇白得发光，声音也好听，说到兴头上还问万崇，林薇是不是抱着特别软什么的。

当时是临上体育课的课间，教室里大部分同学已经动身去了操场。我因为要取东西滞留在教室，听后排的男生旁若无人地说话。

不关乎讨论对象是谁，我当时很想冲上去，把手里的跳绳摔在说话者的脸上，让对方为自己不懂得尊重女生的发言吃点苦头。

只是没等我行动，我听到了后排传来的课桌在地板上摩擦产生的尖锐响声，紧跟着是说话那男生被突然滑来的桌子撞到腹部发出的闷哼和骂声。

"万崇你有病吧！"

万崇眼神冷，但带着笑，说："不好意思，力气大了。"

我转头时正好看到两人在对峙。周围的男生见情况不对，

轮番劝着,最终把这个插曲草草化解,不欢而散。

我突然就想到,万崇曾在私底下针对"母老虎"这个外号维护我的事,当时的万崇,是否也是这般强势。

我的目光越发不可自拔地追随着他的身影,近乎迷恋。

和上次在我的事上落了个尊重女同学的评价不同,万崇和林薇这两个不论是从样貌还是品性都格外登对的异性同学,自带被人杜撰、衍生、做文章的基础。那天之后,学校流传出万崇在意林薇的消息。

准确地说,并没有被大范围地传播,毕竟林薇这般亮眼,关注她是一件很普遍的事情,而万崇是学校的风云人物,他并不是随处安置感情的人,且除了升旗仪式那天的事,他们再无接触。

可能是我太关注万崇了,所以对这消息格外敏感,误以为很多人都在讨论。

体育课上,热身运动结束,自由活动时,平日里玩得好的女生会聚在一起闲聊。聊娱乐八卦,聊学校的风云人物。我当时坐在她们中间,却没参与她们的对话,只是望着不远处打篮球的男生中那道特别的身影,突然便意识到,我对万崇才是在意。

意识到这一点的我，近乎病态地关注着他，如同一个偷窥狂。

大概沾了林薇的光，学校里有关万崇的八卦多了起来。听说哪个女同学跟他表达过心意，但是他拒绝了。不知从哪里传出来的，说万崇亲口承认过，他对林薇这种肤白貌美的女生感兴趣。

谣言只持续了一个秋天，入冬后，大家闲聊的话题成了高三年级一个想不开做了傻事的男同学。

但这些谣言在我心里留了痕。

肤白貌美，是一个和我并不搭边的形容词。

虽然无从考证，但我相信了这种误会，毕竟爱美之心人皆有之，我会在人群中挑出最拔尖的万崇，如果有一个女孩将是万崇欣赏的，怎么可能是平平无奇的我呢？

于是我学会了隐瞒和掩藏心意。

北方冬天寒冷刺骨，而冬季校服不加厚不加棉，薄薄的一层布料。因此除特定活动日外，学校不要求学生统一着装。往日我衣着轻便保暖为主，夏天都很少穿裙子，更何况冬日。

但这天返校时，我看着衣柜里不常穿的棉质半身裙，犹豫之下换上了，还少见地搭配了浅色的棉服。

不知道是那丁点儿少女怀春的旖旎心思作祟，还是单纯不适应穿裙子，当我坐在餐桌前和父母吃饭时，总觉得他们在盯着我看。

我故作轻松，和父母说自己想上补习班补课的事。

我确实想补课。

我从小没有聪明的脑子，运动天赋不错，但对学习要比旁人更刻苦才能显得毫不费力。

直至我出门，爸妈都没问我今天怎么穿裙子。

到了学校也一样，整整一上午，没有一个人过问，我便意识到我所谓不安焦虑的心理完全是来自聚光灯效应。

学校里学生衣着多样，我实在算不上出挑明艳，所以不会有人在意。

我为此感到放松的同时，又想到，万崇自然也不会注意到。

这让我有些难过，自己这般"自娱自乐"式的无用功显得异常天真可笑。

不对，他注意到了。

课间时，我从卫生间出来，在回教室的走廊上。万崇从我的旁边经过，脚步仿佛没停留，但话的的确确是对我说的。

他语气自然地温声提醒道："你后面的衣服乱了。"

我一头雾水地扭头，慌张地发现身后的裙摆下缘不小心塞

在了打底裤裤腰里，短了一截，只遮住我膝盖往上的位置。

我的脸腾地烧起来，原来这一路同学频繁投来的视线和看热闹的窃窃私语不是我的臆想。

这样的粗心不至于走光，却是十足的丢脸。

更丢脸的是，被万崇提醒。

因为这件囧事，我甚至开始躲着万崇，虽为同班，但交流为零。当然，以我跟他普通同学的关系，他估计是不会有察觉的。

和我截然相反，林薇美得很轻松。

林薇掀起了穿搭发型潮流，女生们会争相模仿她。而她对"撞衫"的事情毫不介意，林薇的自信是由内而外从骨子里生出来的。

有这么强大的对手，我连站上竞技场的勇气都没有。

林薇的教室在三楼，我平时很少遇到她。我抱着侥幸心理，一直以为她和万崇除了那次升旗仪式便没了交集，但这个冬天下第一场雪的时候，我在教学楼一层大厅的台阶处看到了他们在说话。

下的是雨夹雪，景色并不唯美，雪花落在湿漉漉的地面上，让泥泞变得更加糟糕。一层大厅临近台阶的区域满是大小不一、交错纵横的鞋底印，这里只留了很多没带伞的同学。

万崇没有带伞，正和朋友说笑着，准备一鼓作气跑出去，这时，被一道冷然的女声叫住。

"嘿！"叫他的正是林薇。

万崇被拍了下肩膀后扭头。入冬后气温降得快，呼啸而来的风中带着刀子，大家怕冷地将脖颈和下半张脸缩在围巾或者棉服领口里，为了温度并不是很注意形象。而万崇和林薇是为数不多注意形象的人，他们好像不怕冷似的，又或者他们的神情是如出一辙的松弛明媚，让人忽略掉了天气的严寒。

两人周围的时间好像慢了下来，我知道万崇在任何时候都是有条不紊的。他露出略微疑惑的神情，看着林薇递过来一把印着鹅黄色小花图案的折叠伞。她笑意盈盈："我这把借你用。"

我觉得人的气质是需要衬托的，站在林薇面前的万崇形象中意气风发的气质被拉满，他们两个人站在一起时好像跟其他人有壁，让人不自觉地投去关注的目光。

万崇看着林薇，干干净净地笑，道了谢，但没接，说不用麻烦了。

倒是林薇主动解释："我跟朋友挤一挤就好。你拿着吧，这个天衣服湿了肯定要感冒的。"

"真不用。"万崇说。

漂亮女生被拒绝总是令人心疼的，林薇白皙秀气的脸庞上露出片刻的失落神情。我注意到万崇坚定的眼神中有了一丝动摇。

一直以来,万崇跟男生玩得开,对女生很尊重,但对所有人都是一视同仁的,经常听说谁谁谁过分在意他的玩笑话,或者借着玩笑话打掩护的实话,不过这不重要,也有性格爽朗直接的女生跟他直说,但万崇看她们的眼神,清澈明朗,是最纯粹不过的同学情。

我自诩对万崇过分关注,有所了解,认为他这个眼神算不上清白。

我脑内戏丰富得仿佛电影的回忆戏码,漫长而煽情,事实上,他们两位当事人僵持的时间不过一两秒。还是和万崇同行的男生替他把伞接了过来,帮林薇劝道:"人家女生都说了,怕你生病。"

林薇顺势附和,自报家门地说了自己的班级,俏皮的声音确认道:"你还记得我叫什么名字吧?"

周遭不少忘记带伞等雨雪停的学生,零零散散地望过去。少女期待时双眸清亮,好像别人说一句不记得,便会失落地流泪。万崇这么绅士体面的人,怎么会让女生受委屈呢。

万崇说记得,最终把伞接过,又一次道谢,说用完还她。

"好啊。"林薇心满意足地答应,挽着好友的手臂钻进同一把伞下，身影轻盈雀跃地下了大厅外围的台阶。

万崇在同行男生的起哄声中，揭开了束着伞的魔术贴。下一秒，他似乎是顾虑什么，又小心翼翼地把魔术贴粘了回去，然后把林薇借给他的伞揣进冬季棉服肥大的口袋里，招呼同行男生一起迈进了风雪中。

北方的冬天绿意很少，放眼望去，满目萧瑟。我将自己藏在丑陋臃肿的棉服里，捏着手里的伞柄，看着他们两人的身影在风雪中走向不同的方向，却又仿佛走去了同一个方向。

日子过得很慢，我每周都在漫长地等待着万崇作为升旗手的周一。只有那个时候，我可以光明正大地望着他，不用防备自己无处闪躲的眼神会暴露什么不可告人的秘密。

日子又过得很快，眨眼到了年底，学校开始筹备一年一度的元旦晚会。

我是以武术特长生的身份被特招进一中的，遇到这种晚会表演，势必是要出一个节目的。而武术这种考验表演者基本功和身体素质的特长，整个年级甚至在校内都属于冷门，很难有竞品，所以我的节目很顺利地被保留下来，所谓海选的过程对我来说只是走走过场，或者说被我当成了一次彩排。

海选时到场的除了负责老师，还有学生会的一些部长和干事，三个年级的学生都有。大家十分慷慨，对我杂技一般的花式动作震撼连连，手掌都拍红了。我并不贪恋于这些称赞的目光，而是在大家聚焦中，谨慎万分地用余光去找万崇。

万崇和大家一样，以同班班长的立场给予我一句夸奖："周椰青，这个节目一定会很受欢迎的。"

我矜持地道谢，心里的常青树绽放出了满树冠的花，红的，粉的，白的，胜过一切世间美景。

我站在台下，久久难以平复，直到穿着华丽礼服裙的林薇公主般走上台。我终于意识到，赞美和欣赏是两种不同的情绪，万崇看我和看林薇的眼神，终究是不同的。

舞台上，林薇的演奏开始。激荡悠扬的曲子掀起震撼人心的音浪，高挑柔弱的少女用肩颈抵着小提琴，手臂和琴弓一起跃动，林薇整个人发着光，连舞动的发丝都是美的。

我艳羡地盯了数秒，想看看周围观众的反应，却在不经意移开视线的那一瞬，发现了万崇聚精会神地望着演奏者的神情。

和我演出时，时不时就掀起来的叫好声不同，周围十分安静，盯着台上的人完全看呆了，仿佛被乐声和美色勾走了魂魄。万崇应该算是为数不多比较清醒的人，但这种清醒的沉沦更为致命。他那双深邃漆黑的眸子能容纳万物，可这一瞬，他满心满眼只有舞台上演奏小提琴的少女，目不转睛，如痴如醉。

我空耳，再听不到周围的声音，心头突然涌上一阵酸涩，自愧不如地垂下了视线。

林薇的形象和气质是很多女生羡慕不来的，我深深地认同这一点。而我底子本就不好，衣服搭配起来不伦不类，还容易出糗，化个妆更是如同车祸现场，眉毛浓得像蜡笔小新，粉底涂得像刷了层墙皮，化出来简直像唱大戏的。这如鸿沟一般的距离，让我感到绝望和迷茫。

我知道，因为林薇的存在，我开始自卑了，甚至不知道该如何缩小这种差距。

耳畔的乐声停止，周遭响起如雷的、前所未有的掌声。这是林薇表演结束了。

我调整好表情。像我下台时，她对我说"你好厉害，跟你做朋友一定很有安全感"的夸奖一样，我用对等的赞美眼神，迎接着她。

我是真心实意地赞美，明白自己连嫉妒她的资格都没有，毕竟她是那样真诚。

我听到林薇被人群簇拥，溢美之词不绝于耳，林薇落落大方地回应着大家的喜欢；我听见有同学去跟万崇说话，万崇不在状态地迟钝了几秒，才接上对方的话。

我心痛地捂着胸口，眉头不受控制地皱起，好像自己失去了什么无比珍贵的宝贝似的，可明明事实上，那是我从未拥有过的东西。

我的精神死灰复燃，又万念俱灰。

为了激励学生出节目，学校表示会给当晚最受欢迎的节目表演者两千元奖金。

有了实打实的奖励，学生们的积极性的确比往年高涨。

但小摩擦随之产生。

林薇因为节目的事，成了一个女生的眼中钉。那女生叫幸瑞，剪着毛寸短发，眉毛杂乱飞扬，面相很凶，假小子一个。

我知道幸瑞和万崇有亲戚关系，所以格外注意，见过她初中时的照片。那时候，她还是齐肩短发，有发型的修饰，五官顺眼，整个人会清新很多，不像如今她身上颇多争议，给人的印象浑身带刺，不讨喜。

说她不讨喜是有依据的，她是一个很较真、讲究公平，又冷漠的人。

之前跟校长举报任课老师骚扰她，原因是那老师在讲题时拍她的肩膀。她坚定地把事情闹大，高一刚入学，一战成名。

后来还有一件事，她班上有同学的水杯倒了，里面的水恰好泼到她腿上。她坚持去医院做检查，医院的就诊结论是只有局部出现发红、疼痛等现象，属于轻度烫伤，使用凉水冲洗，再用药水消毒即可。幸瑞坚称很严重，让对方父母赔损失费和请假养病产生的补课费。

她擅长去挑衅一个圈子里墨守成规的规则，不关心别人在背后说她有被害妄想症、难伺候、不好惹。因此，大家给她取了一个代号，叫"十班判官"。

我偶尔会羡慕她的勇敢，偶尔也会思考这样的生存方式是否正确。

如果正确，为什么会被孤立？如果错误，她只是在维护自己的权益啊。

这次，我听说她认为林薇抢了她节目的名额，在班里堂而皇之阴阳怪气地说林薇没素质、不要脸。

林薇在班里人缘不错，男生对她照顾有加自然很好理解，女生愿意毫无忌妒心地和她相处，在很大程度上得益于林薇的大方和高情商。

幸瑞的判断一时间引起不少人反感。

林薇却很平静，说："谁主张谁举证。麻烦你快点去举报我，如果事实与你传播的相反，请你向我道歉。"

"谁不知道你爸给老师送钱了啊，我举报有用吗？"幸

瑞言之凿凿，仿佛她亲眼看到般。

林薇估计是嫌她"无理取闹"，便不再理她。

幸瑞不饶人："你爸多厉害啊。把人逼得跳楼，你这不还好好地在这个学校上课吗？你怎么好意思的呢？"

幸瑞说的是刚刚入冬时，那个想不开的高三男生，对方的爸爸在林薇爸爸的工厂工作，一条手臂被搅进机器后抢救不及时被迫截肢。

没人知道男生轻生的原因和这场事故是否有关，但当轻生的消息在校园内引起轰动时，这场事故随之不胫而走。

林薇胸膛起伏，手里拿着的课本"啪"一下摔在桌子上，气愤扭头。

四班教室内，有学生从走廊里急匆匆地回来，扒着门口等不及地喊道："万崇，你表妹和林薇打起来了，现在被叫到了主任办公室。"

万崇霍地起身，关切地问："怎么回事？"

目送他火急火燎地跑出去，坐在他附近的同学评价："万崇对他这个表妹真上心。"

我当时正好抱着作业本经过，目睹全程，也认同了这个观点。

可等我去办公楼无意撞见后续发生的事，突然把它推翻了。

当时办公室里的人已经交涉过一番，林薇和幸瑞从办公室出来。

"晦气！"幸瑞毫无征兆地抬臂，在林薇从自己身边经过时，猛地用力，发泄似的推向林薇的左边肩膀。

林薇不设防，身体重心顷刻间偏移，整个人往前栽。

万崇正在门口，离得最近，眼疾手快地伸手捞了一把，抓住了林薇的手臂，语气关切担忧："没事吧？"

林薇回头看了眼地面，然后视线慢慢移到幸瑞的脸上，后者歪嘴露牙，不以为意地笑了下。

没等林薇说什么，万崇先沉声道："幸瑞，你做什么？道歉！"

"被害妄想、偏激易怒、多疑，都属于精神出现了问题，麻烦早点就医。"林薇是个文雅的人，就差直接怼"有病就去治，别在这里发疯"。

"你说谁有病啊？"幸瑞眉头一凝，被刺激到似的，往这边一扑。

林薇不躲不闪地站在那儿，万崇怕事情闹大不好收场，及时把林薇往身后一挡，拦住："闹够了没有？"

这时，幸瑞的父母和班主任从办公室里出来，万崇做不来小学生事无巨细向老师告状的举动,只是看向自家长辈,冷静地道:"叔,你有空带她去看看心理医生吧,她做事太偏激了,看似是事事不吃亏,可将来得罪了人会栽大跟头的。"

幸瑞的爸爸疏于对孩子的管教,除了给家里赚钱不参与孩子的决策,一直没找到与孩子相处的正确方式。

当他知晓刚刚发生了什么事后,他一把捏着幸瑞的肩膀把人拽过来,就差直接按头,带着父亲身份的权利和威严,厉声道:"给人道歉!"

幸瑞挣扎了几下没挣开,大声嚷了一句:"对不起,行了吧?"

也不知道是对谁说的。

万崇对林薇说:"不好意思,你的脚没事吧?"

林薇摇摇头,说没事,便先回教室了。

我看到万崇站在林薇身后,犹豫不前、有心无力的模样,似有千言万语,但最终什么都没说。

因为这个小插曲,学校里有关轻生男孩和林薇父亲的传言甚嚣尘上。

谣言的源头是谁,无从得知,正应了那句话:雪崩的时候没有一片雪花是无辜的。

我想到那天从舞台下来时,林薇对我说的那句"跟你做朋友一定很有安全感"，抑或出于其他原因，那天我鬼使神差地去了那个男生的家里，敲开了门口挂着白花的防盗门。

那男生叫李伟，高三生，学习成绩在年级里排在上游，按照往年分数线，一本是稳的，可以搏一搏双一流院校，前途可以称得上是光明。但，这一切随着他从天台上一跃而下躺在楼底花坛广场的血泊中时，戛然而止。

给我开门的中年女人是李伟的母亲，接连经受丈夫截肢和白发人送黑发人的重创后，女人眼角的皱纹深如沟壑，两眼空洞无神，被生活重担压得喘不过气来。她冷漠地打量着我，问："你找谁？"

我说我是李伟学校的同学，想要来了解一下真相。我觉得那个年纪的我蠢笨极了，还没有学会如何委婉地表达诉求，精准地拿捏人心。

我的直言，让李伟母亲当即变了脸色。

"你们学生没完了是吧？怎么一个两个都来问，是学业太清闲了吗？"中年女人作势赶人，"走，你现在就走！还有你，你带着你的东西，也赶紧走，我家不欢迎你们！烦请你们以后不要再来打扰！"

我吃了闭门羹，无措地站在防盗门外，随着女人把屋里的客人赶出来，我看到了万崇。

万崇比我准备充分，带着适合成年男人保养的营养品和女人可以吃的滋补品。我往旁边让了让，方便他出来。我们两个刚刚成年的学生你看看我，我望望你，在对方眼里看到了无可奈何和不知所措。下一秒，防盗门被中年女人"砰"的一声关上，走廊里只剩下我和万崇两个人。

"先下楼再说。"万崇把手里的礼盒放在门口，然后示意我一起离开。

我喉咙堵着，一瞬间失去了言语一般，沉默地点点头，按他的指挥照做。

下楼的这一路，我在想，万崇为什么会来这儿？我突然出现是不是帮了倒忙？刚刚应该提前想好开场白再敲门的，开门见山表明来意的方式显得太没有素质了。

万崇并没有责怪我的意思，我跟着他一路下了楼，然后出了小区，最后走到小区斜对面的公交站。

"你坐几路车来的？"万崇问。

我回答了。万崇点点头，没有说话，好像是要陪我一起等车。

这一天天气并不好，乌云压在天边，猛烈的风把路旁的行道树吹得摇摇晃晃，有种山雨欲来风满楼的架势，但迟迟没有落下第一滴雨，让这个氛围格外令人烦躁。我几次偏头看他，万崇侧脸安静沉默,似乎是陷入了思考。

就在我放弃关注他,盯着路边一个被风卷起的红色塑料袋时,万崇开口了:"来之前我去见了李伟班上的同桌,对方说李伟应该是有焦虑症,他上次考试成绩下降很多,而且他爸爸手臂截肢的事,让他的家人非但疏于对他的关心,还把更多的怨气发泄在他身上。所以我想看看从李伟母亲这里能了解到什么。"

万崇在跟我聊有关此行的目的。我跟他的目标一样,不过我没有他聪明,他处事周全,有备而来。

"有收获吗?"我轻声问。

万崇摇头,说:"我以为即便我们证明了李伟是因为焦虑症轻生,压力来源之一是母亲剧烈的情绪波动。而导致一个女人情绪波动的原因,是丈夫在工厂中受伤的事。间接原因也是原因,轻生的事很难和工厂撇清关系。"

"自证确实是一件很难的事。"我咬了咬唇,仰头望了望阴沉的天幕,只觉毫无生机。这样的天气,真的是让人抑郁。

那天之后,我和万崇见过几面,因为学校里的谣言。我们这两个局外人,很是殷勤地寻找着破局的方法,但我们绞尽脑汁后,仍失败了。

有些班级的班主任在班会上跟学生强调,专注于自己,不要成天就知道八卦,但效果甚微。

后来还是万崇联系了家里做记者的小姨帮忙,对方几次上门终于成功见到李伟的父母。我不知道她是如何说服那位苦痛脆弱的中年女人的,但结果似乎还不错。那篇刊登出来的报道不仅为李家获得了来自社会上爱心人士的捐款,解决了经济压力,而且其内容在社会上引发了不小的关注——新闻重点聚焦青少年心理健康,学校里也开设了几节有关这个主题的活动。

渐渐地,学校里有关林薇父亲是杀人凶手的谣言淡化了。

林薇不知从哪里听说了这篇报道能够发表出来和我有关,那天在元旦晚会的后台,她特意找到我,跟我道谢。

我连忙摆手,不敢邀功,脱口想把万崇推出来,毕竟他做得足够多,这句感谢该是他的。可是我在临开口前记起万崇的叮嘱——他不让我告诉林薇这件事跟他有关。

我当时感到费解,下意识问万崇为什么,万崇没有回答。

我按照约定替万崇保守秘密,心虚地接受了林薇的感谢。

好在很快到了林薇上台演奏小提琴的时间,她没有执着于这个问题,我适才松了口气,落荒而逃。

林薇表演时,身形轮廓被投影在最前方的幕布上,高雅自信,她一度是今晚最亮眼的存在。

她在如雷的掌声中下台,也在无数人的青春中刻下了烙印。

林薇更加出名了。

一整晚我都在想，万崇为什么不愿意告诉林薇自己做的事，他的所作所为从任何角度想都不是一件坏事啊？为什么不能说呢？

不知不觉间，晚会结束。万崇作为班长最后走，负责打扫检查本班的区域。

我因为把相机落在礼堂回去找，正看到他站在舞台下方和几个相识的别班班长说话。我从不缺注视他的机会——光明正大的，比如他作为升旗手的周一，比如他被叫到黑板板书的课堂；也有偷偷摸摸的，比如此刻。

十八岁的少年，尚未有财富、权柄的加持，周身少年气蓬勃青涩，十足的意气风发。他跟人交谈时，不哗众，不自卑，进退合宜，松弛有度。

隔得太远，听不清他们聊了什么话题，只能看到他笑得很好看。

我没敢逗留太久，找到东西便走。这时，听旁人说话的万崇不知看到什么，视线越过好友的肩膀落在侧门入口处，看了很久很久。

直到好友撞着他的手肘询问有没有在听，万崇才收回目光，重新确认了问题。

我不解地循着万崇方才注视的方向找去，侧门敞着，有几个女孩说笑着经过，林薇被簇拥在中央。

有的人哪怕在熙攘人群中，依然是最突出的那个。

我一眼便注意到。

而当我茫然地看回万崇时，他没说几句又朝侧门方向望了眼，情绪很淡，却很专注，是一道目标明确的目光。

我当时有个猜测，觉得他视线锁定的也是林薇。

明明我应该看出的，这种眼神叫作在意。毕竟我对这类场景无比熟悉，因为一直以来我便是以这样的视角关注着他。

在我后知后觉地发现这个秘密之前，我从未将两人联系起来。因为我想象不到万崇在意别人的模样，是像他对待学习生活般游刃有余，还是也会患得患失、不知所措？我想，应该是前者吧。

事实却是令人大跌眼镜的后者。

万崇，如果你当时回头，将会发现，自己也正被仰望。

我如此想。

可当察觉万崇不经意看向这边时，我第一时间没有揭晓这个答案，而是选择了躲藏。我不想自己被发现，也不想他被发现。

与此同时，我也懂了，万崇是不想这么早暴露，就像我不敢承认我的心思一样。

只要问题解决就好，只要对方不再担忧便好，至于自己在背后做了什么，对方不必知道。

这时的感情好像十分纯粹，竭尽所能也只是希望对方开心，而对于这份心意，怕对方知道，又怕对方不知道，既希望，又不希望对方给予回应。

毕竟，我们谁也不知道这是幸运，还是负担。

在发现这个秘密后，我由衷地希望他可以得偿所愿。

当时我大概也想过，既然在意一个人，为什么愿意为他人做嫁衣呢？我思来想去，觉得大概是因为自卑吧，我深知林薇和万崇的般配。

所以当林薇邀请我周末去鬼屋玩的时候，我毫不犹豫地把这个消息传递给了万崇。

万崇当时在清点交上来的作业本，我目不转睛地盯着他，不放过他脸上每一处细微的表情。我希望他答应，因为这证明我的努力不是无用功；我又害怕他会答应，仿佛他一旦答应，他距离我便又远了。

关于把行程"卖"给万崇这件事，我自然没让林薇知道。不是我不想暴露自己的自私，也不是我多么乐于助人，而是承受了不该承受的谢意,我受之有愧,我希望万崇善有善报。

我努力地在替万崇保守秘密和让万崇的功劳不被埋没这两件事之间找到一个平衡点。

我希望他们都能拥有一个好结局,却唯独没有考虑过自己的结局是什么样的。

周日那天,我和林薇会合出发去鬼屋,买门票、拍照。整个过程我都在张望周围的环境和路人,寻找万崇的身影。

我找了很久,都没有找到。

就在我以为万崇没有来的时候,林薇"偶遇"了他。

他们是在乌漆墨黑的鬼屋里遇到的。据林薇说,是她因为害怕而牵错了人。等她意识到时,已经抓着万崇的袖子跑出去好远。因为周围找不到同伴,她就跟万崇一起,走过了剩余的房间和通道。

从逼仄漆黑的环境来到室外,眼睛耗费了些时间才适应光线的变化,但难免还是有些酸涩疼痛。我看着站在棉花糖摊位旁边,距离很近的万崇和林薇,想要移开眼睛,却又不舍得移开眼睛。

他们相谈甚欢。俊男靓女的搭配让经过的路人很容易误会,你看,一旁卖文创饰品的摊位老板已经开始向他们推销发箍了。

我不知道老板如何游说，也不知道林薇和万崇出于什么考量，我看到他们十分配合老板，戴着一粉一蓝两个发箍，并肩站在太阳照耀处，背景里有气派浪漫的摩天轮。他们直视镜头，在老板积极的怂恿下，林薇朝万崇那边挪近了些。随着"咔嚓"一声，两人明朗漂亮的形象被定格在镜头中。

因为有个偶遇，万崇和同伴与林薇这边的朋友合并在一起进行接下来的行程。都是一个学校的同龄人，互动起来并不生疏，周遭很快陷入了热闹融洽的氛围。

我和万崇隔着攒动的人头交换了一个眼神，平静的，疏离中有丝默契的，没有人知道我们的秘密。

我想万崇是感谢我的，因为他在我需要纸巾擦汗时，主动递给我一包手帕纸。但也仅仅是举手之劳般的回报吧，我想。

就在我以为他们的关系会这样有条不紊地发展下去时，林薇那边又出现了状况。

有些人的人生注定了精彩，也注定了波折。

那是高三开学后的事，是每一个晴荷人都有着深刻记忆的事——林薇父亲，林诚衷在晴荷创办的瓷砖厂于某个深夜发生了大爆炸，当晚值班的工人十九人重伤，三人死亡，轻伤者不计其数。

遇难者家属和记者媒体蹲守在工厂、医院，乃至林家附近。一时间，民怨沸腾，社会哗然。

虚实难辨的"真相"在每一个晴荷人的嘴里发酵、传播，上至花甲古稀的老人，下至学前班的孩童。

林薇没办法像往常一样上下学。在教室里时，有别班的"正义"之士来到十班走廊上对她指指点点；放学离开时，有遇难者家属堵在校门口痛打落水狗般往林薇身上丢着菜叶、果皮，以及各种垃圾。

执勤保安对秩序的维护杯水车薪。

来往的学生神色各异，但无一上前。

我看到万崇站在人群之外，加快了走向她的脚步，却在近处停在了原地。

昔日众人眼中公主一般的女孩，在落魄时依然站得笔直，她走得极慢，平静地接受着来自四面八方的漫骂、武力，仿佛心甘情愿成为一个无济于事的情绪宣泄所。

但她太瘦弱了，仿佛下一刻便要被人群淹没。

万崇的表情看上去沉重、纠结，以及无助。

我以旁观的视角，看清了他们，最终放弃局外人的身份，跨上前，先于万崇，站到林薇的身边，用书包挡住了部分攻击。

林薇脸上麻木的接受，变成了愕然。她欲言又止地看着我，那眼神令人心疼。

我带她跑出了洪流的漩涡,面对林薇的感谢,说:"很多同学都愿意帮助你。"

比如万崇。

林薇只是笑了笑。

我的言语太匮乏了,贫瘠到不知如何安慰这个阅历、眼界、心境都远优于自己的女孩。我承认自己是自卑的,各种层面上。

我陪着她走了很久,最终是林薇看不下去找了话题,问我:"你想吃比萨吗?"

这个话题太过轻松,就像她的表现一样,一贯的自信松弛。相较起来,我更加紧绷,更像是那个处境艰难的人。我怔了一下,才理解她的提议,在对方一双含笑眼眸的注视下,我慢吞吞地点头,应了声"好"。

在附近找了一家店,点餐、付款、等餐,整个过程中,林薇愉悦地说着自己很喜欢这个品牌的代言人。追星的琐事一聊起来便歇不住,根本不需要我附和追问什么,林薇自顾自说得兴起。

我和她面对面坐在餐桌两侧,看她音容明朗,由衷地羡慕她乐观的好心态。我理解那些受害者家属的愤怒和冲动,可将这份怨气发泄在一个孩子身上的行为显得有些冒犯。受害者

成了加害者，那所有人又有什么区别呢？

所以看到林薇这个样子，我反倒松了口气，认为她这样很好很好。

在我发呆的时候，广播叫号叫到我们，林薇已经去取餐台端比萨。而在林薇离开的这几分钟时间里，万崇不知什么时候来了店里，将一个印着附近药店的购物袋放在了我面前的桌子上，然后在我没来得及反应时，丢下一句"你给她"，便扭头离开了。我看着万崇头也不回地出了店门，然后径自从窗外的路口穿过，背影越来越远。

我刚刚是不是不该出头？如果自己不上前，万崇肯定是要上前的吧。

他刚刚是不是已经打算上前了？结果被我抢了先。

林薇端着比萨回来，茫然地朝我望的方向看了眼，以为我在介意过堂风，很贴心地问："这个位置冲着门口，客人进进出出正好是风口，要换张桌子吗？今天店里人很多，我们等一会儿看看哪张会空出来。"

我收回视线，笑着摇摇头："没事，坐这里就可以。"

林薇看了我一眼，大概是确定我不是客套。她把比萨往桌子中间放，发现了我面前的袋子，问："药？你身体不舒服吗？"

"不是我，这是给你的。"我飞快地回答完，才去解开药店塑料袋的系扣。看到了里面的消肿喷雾和创可贴，我把它们拿出来，视线移到林薇额头上被刘海轻微遮挡住的红肿——那是不知被什么东西砸到后留下的痕迹。

林薇愕然，沉默了一两秒，然后眼神柔软地笑了下，轻声说："谢谢。"

何止她没想到我的细心，连我自己都没想到。我看着林薇真挚感激的神情，知道我又一次抢了万崇的功劳。

我嘴角微动，想揭晓真相，把功劳如数奉还，这次，以及上次。但一秒后，两秒后，数秒过去，我始终没有开口。不是我自私地想要独占，而是我答应过万崇，替他保守秘密。

我不能出卖他。

这种行为更加自私。

我能感受到林薇简单处理过额头的情况后，对我更加依赖和信任了。我自惭形秽，努力让自己不去想目前的困境，跟上林薇稳定而强大的心态，开始愉悦地用餐。

之后的日子里，林薇没有请一天假，照常到校上课。学校里理智的学生还是多数，很善良地"保护"着她，学校老师也会找她谈话，了解她的心理情况。那段时间，我每天上下学都会跟她一起，我们并不顺路，但我未曾认为有什么不便。我一直以为自己是个很健谈的人，但在林薇身边才意识到，自己可能是个很慢热的人，内心戏会比实际上表现出来的情绪更加丰富，我多数时候都是在听她说自己的事。

林薇是个骄傲、自信，但不傲慢的人，言行举止间没有丝毫的优越感，但她的的确确是个优秀耀眼的人。

没过多久，工厂爆炸事件有了结果。

经核实，爆炸属于意外，工厂在生产、作业中并没有违反相关安全管理规定的行为。林诚衷积极地配合警方调查，针对受害者及其家属给予真诚的慰问，该给的赔偿一分没少。

随着官方判决结果公开，民众间甚嚣尘上的声音才小了下去。林薇在学校里的处境随之缓和。

万崇肉眼可见地松了口气。我知道这些天，万崇都在暗中关注林薇的情况，有同学在背后传播事故的影响时，万崇会适当地进行纠正，他以自己的方式保护着林薇。

又过了几天，学校为压缩班级数量，拆分了十班，林薇被分到四班，成了万崇的同桌。当我以为他们终于有机会产生更深的交集时，林薇却办理了转学手续。

我应该是学校里最先知道这个消息的人，是林薇告诉我的。她说是因为家人的工作调动，我对此并不意外，但仍旧感到深深的惋惜。

更令人遗憾的是，万崇因为家里的事，没等好好体验这个同桌身份，便失去了机会。

他们或许好好告过别，或许没有。

我始终没有找到机会告诉林薇，万崇为她做的事，因为我潜意识里希望，这些事由万崇自己告诉她。

我心里的万崇，从来不该是踌躇不前的。他勇敢、无畏，一往无前，永远信心在握。

林薇转学后，我觉得整个世界都安静了，那是一种悲凉的、我做什么事情都提不起兴趣的安静。有人说她转回了北京，也有人说她出国了。

我经常看到万崇偏着头，视线落向窗外。真的是在看窗外吗？我偶尔也会猜他看的是旁边的空位，过去属于林薇的那张课桌。

班主任统计大家的理想大学时，万崇写的是北京的大学，我不知道他做这个决定时，有没有想到来自北京的林薇。五一假期的时候，万崇跟家人去北京旅游，我不知道，当他踏上首都的土地时有没有想到来自北京的林薇。

林薇从晴荷一中转走了，却好像一直存在着。我会时不时地想起她，只要看到万崇便会想起她。我仍会少女怀春般关注着万崇的生活，看他喜欢的电影，听他喜欢的歌，在他打球时故作不经意地从篮球场旁边的林荫道经过，但我抑制不住地

越来越难过。我和每一个高三生一样,被这半年紧锣密鼓的生活压得体无完肤。

林薇刚转走的那段时间,我难以克制对万崇的关注,以自己的方式强势进入他的生活中。

那天,我照例故作平静地去万崇家的水果店买东西。万崇没在,店里只有万爸爸在,他尚处于骨折恢复期,右边小腿打着石膏,旁边靠着两副拐杖。

见有客人来,他要起身招呼,我连忙说:"我就买点苹果,自己选。"

万爸爸大概是对我有印象吧,问我今天怎么没有去上补习班。

我说一会儿去,还没到时间。

我挑苹果的时候,店里又来了一个客人。是个中年男人,背着手,在店里晃了两圈,只拿了两个做促销的橙子,称了重,付款的时候,倒是挺话痨地跟万爸爸聊起他的腿。

我没怎么放在心上,自顾自挑着自己的,想把时间拖得慢一点,再慢一点,想着如果能等到万崇过来打个照面也好。直到我听到万爸爸用气愤的嗓音骂了句脏话,才缓缓抬头。看到收银处只有万爸爸一个人,结账的客人早已经走了,万爸爸捏着手里红色的钞票,慌乱地去捡刚刚因为着急撞到地板上的拐杖，同时嘴里骂骂咧咧："浑蛋玩意儿，拿张假钱来坑我，看我不打死你！"

我当即明白了是怎么一回事。眼看万爸爸挂着拐杖一瘸一拐地去追，我连忙丢开自己手里的苹果袋，过去帮忙："叔，是刚刚买橙子的那个男人吗？我帮你去找。"

那时候年轻气盛，考虑问题热血又简单，脑袋一热就跑出去了。

晴荷的居民楼纵横笔直，偶有茂密的绿树遮挡。我从小生活在这里，对这一片熟悉得很。但晴荷因为多工厂，居民区住的并非都是本地人，常有周边落后乡镇来的打工人，所以很多面孔我并不认识。我说帮忙追人，也只能凭印象追个大概的方向。

几乎没有意外地便把人追丢了，没有帮上忙的我只觉沮丧和挫败，站在街口纠结该往哪里的时候，心中无比难过。

不知过了多久，是万崇出现，找到了我。

"抱歉，我把人追丢了，没有帮上忙。"我很自责地道歉。

万崇说没事，还说店里有监控，有别的解决办法。

等回到店里，万爸爸则一脸担忧地看着我，问我怎么跑得这么快，一个小姑娘去追人，追不上还好，追上了更危险的。

虽说从小到大没少听父母耳提面命地嘱咐我出门在外注

意人身安全，可我不是没当回事，只是还没见识过社会险恶，觉得自己在土生土长的环境中，能有什么危险的事。

但万爸爸对此很重视。他记得我待会儿还要去上补习班的事，主动提出让万崇送我过去，如果结束太晚，我爸妈不去接的话，让万崇去接我。

我有几秒处在状况之外，诚惶诚恐地连忙摆手说"不用"。

但万爸爸十分坚持。我后来才想通，万爸爸是担心我的安危，遭人报复什么的，当时为了避免我害怕，他并没有直说。

我想，万崇应该是知晓万爸爸的用意，才答应的。

我能感受到万崇其实是个很清醒的人。就比如在送我去补习班的路上，我们聊起了导致万爸爸受伤的那场车祸。万爸爸是因为避让一个闯红灯的行人，才急打方向盘和别的车辆发生碰撞。万幸的是，两辆车的乘客都没有重大伤亡，而那位闯红灯的老人被这场车祸吓得坐在地上，摔断了尾椎骨。警方对于这场事故的处理结果，万爸爸虽不是过错方，但出于人道主义，也该对闯红灯的行人进行赔偿。

"为什么啊？"我不解的声音脱口而出，略微有些唐突，太过性情了。

万崇并未介意我的气愤，只是说："一般这种情况，车主多少是要赔点钱的。如果法律没有这方面的约束，那，或许会有些极端的人，遇到这种情况，连刹车都懒得踩，会释放出人性中全部的恶。"

我突然惊醒，万崇说得对。在影视剧桥段中，总能看到警方在抓捕犯罪嫌疑人时鸣笛，除了让临近车辆避让以最快的速度到达现场，更关键的原因是阻止犯罪嫌疑人继续作恶。阻止比抓捕的意义更大，在最大程度上保护了"受害者"。

十七八岁的少男少女，对这个社会充满了好奇和探索，像万崇这种能够透过表象看到事物本质的能力，真的令人眼前一亮。

高三的课业异常忙碌，学校停了高三生的一切校园活动，学生的活动区域稳定在三点一线，教室、餐厅、家。我以为自己更没有机会和万崇有深入接触，但万崇主动跟我说话了。

那天是一次模拟考试，在我牺牲掉每周末的课余时间补课后，我的成绩有了明显的进步，和万崇分到了同一考场。

监考老师来之前，考生们滞留在考场外的走廊上趁最后一点时间复习着知识点。

我因为看题目太专注，没注意到夹在笔记中的试卷滑到地面上。万崇从旁边经过时，捡起，还给了我。

我道谢。

因为他近在咫尺，我把试卷夹回笔记本的动作有些颤抖，这时他问："很紧张？"

我迟钝地"嗯"了声，的确紧张，不过不是对考试，而是面对万崇。

万崇笑了笑，语气温和地宽慰我："放轻松。心善的人会得偿所愿。"

我眨眼，其实不太懂万崇这句话的意思，但我知道这是一句很美好的祝福。

我为此感到开心。

可很快我才意识到，万崇口中的心善是指我在林薇被遇难者家属围堵攻击时提供帮助的行为。

因为接下来万崇在我被喜悦冲昏头脑时，问道："你和林薇有联系吗？"

我愣怔，语气带着疑问地"嗯"了声，慢半拍说："没有。"

万崇漆黑深邃的眸底闪过一瞬失落，又好像是意料之中般，怅然若失道："不知道她现在过得好不好。"

我被他的难过灼伤了眼睛，看清了在青春中越发清晰沉重的心意。

突然就不难理解，一中拍毕业照那天，万崇为什么会前所未有地开心了。因为林薇回来了。

当我因为万崇的拥抱，喜不自胜地离开教室平复心情的时候，我余光本能地寻找万崇，便看到他和林薇拥抱的一幕。不知道是不是自己的情绪太沉重，我感受到万崇的眼神格外郑重。

郑重中又有几分感激。

他们似乎抱了很久，久到林薇的双手都已经从万崇的后背离开，万崇的手臂还收拢在林薇的肩膀上。

"谢谢你还愿意回晴荷。"万崇说得喉如刀割，可能只有他自己知道这句话里的轻描淡写有多来之不易。

林薇是放松的，过去惨烈的经历没有在表面留下痕迹，她依然是那个光鲜优越的公主。

// 第三章
被中断的婚礼

我策划了他的婚礼

眨眼八年过去。

北京城在熹微晨光中苏醒，数以万计的北漂人开始了新一天的奋斗。

我在合租室友进进出出卫生间的声音中醒来，才意识到自己昨晚到家后加班到一半，趴在书桌上睡着了。

随着我的动作，鼠标移动，熄屏状态的电脑屏幕亮起，被放大浏览的是一张万崇和林薇的合照，他们大学时拍的。相较高中的青涩稚嫩，俊男靓女的脸庞上多了精致和稳重，他们穿着笔挺的黑色西装，一起托着一个金灿灿的奖杯。如果我没记错的话，这张照片的命名为"一起拿的第一个辩论赛冠军"。

除了这张合照，万崇发来的文件夹里还有"在一起的第一天""第一次约会""我们毕业啦""我们同居了""一起养了猫""七周年纪念日""我求婚成功了"等，时间跨度八年，是高中毕业后，我失去他们音信的八年，也是他们相恋的八年。

幸福甜蜜是土得不能再土的形容词，却也是一个很难达到的状态。

万崇将这些照片发来，拜托我为他们的婚礼制作一支MV，我因此得以光明正大地窥探他们的隐私，对他们的相遇、相识、相知、相守，有了更完整的感受。

我回忆着刚刚睡梦中闪现的校园记忆，恍然明白了上次在咖啡馆见面时，万崇身上的古怪之处是什么——

"不是高中时偷偷动了心？"

"是大学。"万崇当时语气笃定道。

他对林薇隐瞒了那个秘密。

那个和暗恋有关的秘密。

门外传来防盗门关上的声音，是室友出门上班了。我适才简单收拾了书桌上的笔记本电脑和工作记录本，拿起发夹收拢住披散的长发进了公用卫生间洗漱。

北京城的地铁四通八达，如蜘蛛网般的交通线路让人怀疑这座城的地下已经被挖空了。

饶是这般，早高峰的场面依然触目惊心，网上热传的挤掉一只鞋、早餐被人压烂、在别人的手机上看小说等从来不只是段子。

来北京这么多年了，我依然没适应。到公司时，只觉得褪了一层皮，还没开始工作，精气神便只剩一半。

也可能是，我自我逃避般不想去处理某一项工作。

我龟速推进着MV的进度，等待着灵光一闪的那刻，找到最完美的呈现思路。

而在那之前，林薇主动联系了我，约我见面聊一聊婚礼的事情。

这是我的工作，于公于私，我自然答应。

赴约后，我发现只有她一个人。等我落座，她简单客套几句，表明来意："我想拜托你，不用太认真地策划这次婚礼，或者直接不策划，但需要将这件事向万崇保密。"

"为什么？"再好的职业素养也掩饰不住我此刻的震惊，我疑惑地出声，下一秒，才抱歉地克制住情绪，说，"方便问一下，是对我的工作有不满意的地方吗？"

"是我自己的原因。"林薇犹豫半晌，才说，"椰青，我一直记得高中我被人攻击辱骂时,你站在我身边保护了我,谢谢。我很开心能再遇到你,也相信你的工作能力。之所以做这个决定,是我……"

我听到林薇艰难地说出一个结论:"我不能和万崇结婚。"

"为什么?他那么爱你。"甚至比你以为的爱你。

我承认,哪怕时至今日,我依然是站在万崇的立场上看待问题,尤其是当我发现短暂的高中时光中被我遗漏掉的诸多细节后,便越发坚定了这个态度。

我没有贸然替万崇揭晓,而是盯着林薇,不解地盯着她,带着辜负真心的人要吞一万根银针的情绪盯着她。

林薇垂眼,视线没有焦点地落在某处,说:"我也很爱他。"

从事婚礼策划工作的这些年,我见过太多恋人的圆满和闹剧。产生闹剧的原因有关忠贞,有关家庭,又或者恋人在不断的争吵分合后觉得疲惫了,也有恋人分道扬镳的原因是虚无缥缈的一句找不到恋爱的激情了。

正因为见多了遗憾,才知圆满的不易。

我无比希望万崇可以得偿所愿。

"你知不知道……"在忍不住想要把秘密说出口时,我深吸一口气,换了一种方式,"你想回一趟晴荷吗?叫上万崇,我们一起回一中逛逛,如果你和万崇愿意的话。"

我一口气说完，注意到林薇脸上隐约的疑惑。她一向是个体面的人，学生时代被班上同学污蔑刁难、被遇难者家属当作情绪发泄口，她依然能做到面色平静。一别数年，林薇周身清丽的气质更加柔和，得天独厚的傲气已尽数消散，只余由内而外的温柔。

此刻虽未对我的提议表现出丝毫的不满或者质疑，我却很快检讨到自己的唐突。

"抱歉。"我越界了。

我停止感情用事，表示自己会按照她的要求来推进流程。

的确该是这样公事公办的态度，我不论是面对万崇，还是面对林薇，没有私人交情。学生时代那点浅显的往来，不足以改变什么。

和林薇见完面，我回公司继续工作。确实如我承诺的那般——对万崇隐瞒，且潦草地敷衍着。

我也突然明白，为什么万崇在偌大的北京城找不到一个愿意接这场婚礼的策划公司。可能不单是因为时间紧，还有林薇从中作梗。

几日后，在万崇频繁跟进下，我与他约定好了看婚礼场地的时间。

那天，林薇也一块来了。她比上次见时，要清瘦很多。

不知道是不是不常出门的缘故,她的脸色有一种病态的苍白。

林薇自然地跟我打招呼,闭口不提单独见过面。

我在职场中沉浮多年,早已深谙此道,与她只聊婚礼。

我们搭配得太默契,所以根本没料到万崇会看穿。

"小薇找过你,对吗?"在林薇去卫生间时,万崇如是问道。

我正纠结要不要跟进卫生间避开和万崇的独处,闻言愣怔了一秒,很快恢复如常的神情,自欺欺人地装傻:"什么?"

万崇看过来,眼神沉沉,漆黑的眸子深不见底,像是审视,又如同只是求证。

我试图信守对林薇的承诺。

万崇却不在意我的反应,自顾自地,仿佛自言自语:"就算之前没有,过几天她也会找你,让你放弃或者拖延这次的婚礼策划。"

我不敢和万崇对视,也不知道该回应什么。我的沉默,已经针对这个问题给出了答案。良久后,我才问出声:"你们……的感情是出现什么问题了吗?"

"不算吧。"万崇没有明说,只道,"我找过很多策划合作,但都失败了。很幸运得知你在这个行业工作,如果有一个人能让这场婚礼进行,我想,只有你能做到。"

我眼睫轻颤,这种非你莫属的信任感令人心潮澎湃,莫名热血。

我却不敢托大,也不想推卸。直到林薇从卫生间回来,我依然没给出答复。

林薇脸上带着浅浅的笑,视线在我和万崇身上转一圈,问:"在聊什么?我挺喜欢这个场地的,要不直接订了?"

她问的是万崇。

万崇温和地笑,说:"都听你的。"

我去跟场地的负责人交涉一番,挂断电话后转述道:"你们要选的下月16号的吉日,可能订不到,场地那天要进行日常维护。4月的话,只有临近清明节的那几天空着,日子不太讨喜。再早的话,得到五一后了。"

万崇看过来,似乎是看透我跟林薇打配合的小把戏。

我避开他的目光,说:"抱歉,是我工作疏忽,没提前了解全面。不过我们看的第一个场地下月16号可以订。"

"这么紧俏吗?"林薇惋惜地叹气,"可第一个场地我不太喜欢,风景不如这里。"

万崇安静地看着我们演戏。我此刻如芒在背,不知如何收场才好。

继续演下去,还是跟林薇摊牌?都不合适。

最后是万崇开口，对我说："那麻烦再帮我们找找其他的吧。"

"肯定有更合适的。"他如是安慰林薇。

见他俩协商得"愉快"，我心中松了口气，只觉今天的工作格外累人。

和他们分别，我回到公司后，心里一直重复着万崇的话——"如果有一个人能让这场婚礼进行，我想，只有你能做到。"

我虽不是自卑的人，可不会自大到认定某件事得以解决非自己不可。但万崇说得太真诚了，让我觉得事实就是如此。

更荒唐的是，我企图不让万崇觉得看错了人。

功夫不负有心人，还真被我找到了化解难题的思路。

我很庆幸自己高中时有拍照记录生活的习惯，翻看旧相册时找到了和他们有关的照片，再三犹豫之下，发给了万崇。

只有三张照片，分别拍摄于一中的礼堂、篮球场，还有一张是在教室里。前两张无一例外，拍摄主角是万崇，但照片角落恰好有林薇经过的身影，那也是万崇视线看去的方向。而拍摄于教室里的那张照片，只有万崇一个人，他坐在课桌后面，偏头，垂眼，看的是隔壁空荡的、过去属于林薇的课桌。

我发完便想撤回，但万崇已经看到，且语音回复："你拍的？"

"对。来问问你们的意见,希望把这个放到纪录片里吗?"我尽量稳妥地询问。

万崇没有立刻答复,过了会儿,他发来语音消息:"方便打电话说吗?"

我发送完"可以"后,万崇打来电话,我深呼吸冷静数秒,才拿去露台接通。

电话那头传来一道男声:"小薇说,你建议我们回一趟晴荷?"

万崇提起这件事,我当即手脚发麻地心虚起来。在林薇面前,我占据话题主导地位,更自如和随心。而面对万崇,我仿佛被拿捏住三寸,天生矮人一头。

"对。我想着你们高中相识,纪录片里可以加上这个时间段的素材,这也是我找了一些老照片发给你的原因。"我解释完,等着他的责问或者警告。

但都没有。万崇只是说:"你时间方便吗?跟我们一起回晴荷拍一点素材。"

答案如我所愿,可我不敢答应。

万崇说:"小薇同意了。"

"好。那我协调一下拍摄团队的时间。"我说。

其实,比起林薇同不同意,我更在意,万崇为什么要隐瞒。

喜欢一个人，可能是自卑的，但被人喜欢，在无形中将会变得自信，感到快乐和幸福。因为人生太苦了，纷扰争斗，各行各业都在卷，身体和精神双重劳累，如果这时候，知道有人喜欢自己，而且还是默默喜欢了好多年，那将会获得一种无形的、敢于积极面对生活的勇气和力量。

好吧，道理虽如此，可我现在不就是没有让万崇知道自己曾经喜欢过他吗？

不过拿自己做参照不太合适，毕竟万崇和林薇如今已经是恋人，且处在谈婚论嫁阶段，而我只是一个局外人。

那是因为什么呢？

职场合作中，不过早地交出底牌是为了占据沟通的上风，掌握主动权。可恋人间的交往也是吗？我试图回忆自己半年前结束的那段恋情，对方是金融公司的精英男，体面冷淡，别说底牌了，成年人的世界里连沟通都是不顺的。加之住得远，工作地点也远，一个月见不了几次面，谁也不愿迁就让步，不换工作、不换住处，彼此倒是十分默契地直接把对方给换了。

我半天没思索出结论，平白得了句自嘲：世界果然是个巨大的草台班子，我这个感情经历可谓坎坷的新时代女青年竟然热衷帮人策划婚礼。

值得我自夸一句的是，我在这个岗位上做得还不错，至少经我手完成的婚礼都万无一失地完满结束了，一对对新人对我的印象都非常好。

很快，到了商定好的回晴荷的日子。

晴荷修了高铁站，进站口风景更好，候车厅有更宽阔明亮的落地窗，交通线路四通八达，便捷又高效。

而老车站在翻新后检票口的数量锐减，这个承载了我更多回忆的地方突然就变得陌生了。

市政绿化也有了新的面貌，一年四季都有外地游客前来游玩旅行。而我作为一个土生土长的本地人，每年在这座城市待的时间，跟游客不相上下。

不知道是不是和万崇同行的缘故，我此次回来的心情格外复杂。东想想西想想，强迫自己不去想和万崇有关的往事。

好一会儿，我才后知后觉自己矫枉过正了。

平心而论，要说对这个人还有没有什么想法，我可以准确地说，没有。虽然他现在依旧英俊优秀，但我在大学里也好，进入职场后也罢，见过太多优秀拔尖的人，自己没有再暗恋过谁，但也零星谈过几段恋爱。

只不过相识于微时的记忆无可取代，我回到故地，面对故人，怀念的不单单是与谁的时光，更是青春中那个不完美的

自己。

这样想着，我的状态便放松了很多。

我也是后来才知道，林薇和万崇为什么会突然同意回晴荷。

原来晴荷一直以来是林薇的心结，因为她爸爸的事情。高中临近毕业的时候，她回去的那一趟，是将林诚衷留给自己的遗产尽数捐给晴荷政府。可那个秋天的心结仍未解开，每当人生中遭遇重创时，便会想一想，这是不是报应。

她一直是唯物主义者，不信命理玄学，可一旦尝到没有解法的苦处，又怎能不信。

"虽然只待了一年，但我对这里的印象仍然很清晰。"进入校园后，林薇打量着周边，短暂地忘却了生活中的阴霾和亟待解决的问题，脸上有长途奔波的疲态，但眼睛很亮，看得出来，她没有后悔回来这趟。

我本能地把视线移向万崇身上，想知道他又是如何想的，会不会向林薇揭开掩藏在陈年往事中的秘密。

万崇站在林薇的近处，目光专注地尽数落在林薇脸上，说："还记得之前在几班吗？"

"那里，二楼右手边第一间。"林薇手臂伸直，用食指朝教学楼某个方向一指，同时回头望向万崇，眉眼弯弯，浅笑道，"对吗？"

曾几何时，我们也曾这般望着自己在意之人。

就像被我保留下来的那三张照片中的画面。

我望着万崇，万崇看着她。

而如今，那个耀眼明媚的女孩，终于回过头，接住了这道满是爱意的目光。

上学的时候看到已经毕业的大姐姐回到学校，会忍不住羡慕她们。可等我到了她们的年纪，以毕业生的身份回到母校，依然会羡慕十七八岁少男少女身上干净清冽的少年气。那种纯粹的天真和青涩，是我们每个人都曾拥有，且怀念，但让你真的回去你又不想回去的阶段。

真好，有人可以得偿所愿。

毕业的时间越久，越能感受到纯粹的感情有多难得。如果这时候出现一个当年暗恋过我的同学，他条件用不了多好，只要体面一点、稳重一点，那我大概会考虑相处看看。不是我有多渴望把自己的感情交付出去，而是觉得一对恋人纯粹的相爱，太难得了。

我有时候觉得自己是感情的理想主义者，要找一个感觉对的人，没有算计，没有取舍，不是权衡利弊后做出的选择，不用考虑家境身份，之所以选择彼此，是因为眼神对视时天雷勾地火，一发不可收拾。可能因为这样的可能性太小了，我有时候又觉得我对感情的要求并不高,人善良踏实,不出轨不违法,就够了。可我认识了很多人,仍没有找到自己想要的。我的性格过于内耗,很难从别人身上得到自己想要的情绪价值,所以很难真正地接纳什么人。

万崇大概是为数不多的,让我倾注了心力的对象吧。

之前没有想起来,此刻故地重游,这些记忆掺杂在无法简短言说的复杂情绪中层出不穷地涌出来。

可等我再一细想,我做的,都是那种感动自己的事情,没有实打实地帮助过他。

万崇缺了我,生活没有任何区别。

不像万崇之于林薇,是关键且实际的。

我突然就释怀了,暗恋不在于被暗恋者如何如何,而是暗恋的人自己收获了什么。

所谓的成长,是对于暗恋者的。所以我在这里,怀念的更多是青涩的自己。

我对他做的一切都是不需要回报的。包括现在。

成年人的世界中目的性太明显,尤其是在工作里,说什么、做什么,潜台词太多,好似一定要带着什么目的才能证明自己是个成熟且合格的大人。但我想尽自己的力多帮一帮他。

在不需要他知道的情况下。

"操场这几年翻新了吗？我想去看看主席台。"林薇毫无征兆地提议。

我没想到是由她自己引到这个话题上。我不知道主席台对林薇和万崇而言意味着什么，在我看来，这是他们真正有交集的地方，是一切故事的开始。

我本能地看向万崇，他有意隐瞒暗恋的往事，但此刻仍不慌不忙，语气平静地接着她的话："前段时间在短视频平台看到校园账号的直播，没怎么大变样，只有看台的座椅喷了新漆。"

校园是人员流动最大，却也是视觉变化最小的圈子，校园设施常年不变样，穿着统一校服的学生仿佛有着同样的精神面貌。

"真怀念啊。"来到操场，林薇的视线从旗杆上飘扬的国旗，落回到宽阔垒高的主席台上，眼神越发温柔。

她回头找万崇，说："当时好丢脸，那么正式的活动竟然晕倒了。"

当时林薇初来晴荷，因为水土不服，身体一度虚弱。林诚衷疏于照顾她的饮食起居，那个周一，林薇忘记吃早餐，被太阳一晒，即刻头晕眼花，不省人事。

她一向是个要面子的小姑娘，当时觉得那个不顺的转学开局，简直就是自己的人生污点。可时至今日，隔着沉寂的时间长河，林薇才知道，那天不过是自己倒霉人生的起点而已，一个可以定义为不值一提的前菜。

和她之后所经历的坎坷相较，那天只是一次晕倒，没什么可丢脸的。

万崇揽着她的肩膀，摸了摸她的发顶："你要知道，不是所有人都有机会让人印象深刻的，而你拥有了这个机会。"

林薇偏头望着他，小声道："如果我当时没转学，多跟你熟悉一年就好了。"

林薇不切实际地设想着。其实她想要的不仅仅是不转学，而是，林诚衷遭遇的一连串事业重创不曾发生。

我尚不懂她眼底的遗憾，不知所谓地开解道："你们还有很多以后。过去已经无法挽回，但未来存在希望，值得期待。"

未来，值得期待吗？林薇只是笑。

突然就起风了，称不上和煦温柔的春风吹皱了她本就羸弱瘦削的轮廓，模糊了她眼梢悲伤沉默的笑。

万崇神情也很复杂，舒展的神情因为克制而变得紧绷压抑，眼色沉沉，不可捉摸。

我只当是他们陷入彼此的世界中，忽视了我的话的缘故，没有深想。

校园不大，几个人拍拍逛逛聊聊天，不知不觉一下午就过去了。其间万崇接到一个工作电话，避开人群找了个清净的地方接。我看着附近供学生休息的亭子，问林薇的意见："去那边坐一会儿吗？"

林薇应了声"好"，过去后打量着周遭的人工湖和茂密的灌木绿树，说："我记得我转学的时候，这里还在施工，围了一圈围挡，每回都要绕路。"

"对。是我们毕业那年夏天才建好的。"我顺理成章地接着她的话题，指着凉亭台阶旁竖着的石碑，说，"快建成的时候，学校向全校学生征集石碑的题字，发起了一波投票，最终万崇写的这版高票胜出。那时候你已经转学了吧？"

林薇的确转学了，明显不知道这件事，感兴趣地望过去。

石碑形状不规则，上面题的八个字笔画走势潇洒，笔锋苍劲有力，内容选得也非常应景，是一首诗中的——风亭泉石，烟林薇蕨。

我仿佛才发现其中的奥妙般，笑出声："发现了吗？"

林薇盯着石碑，弯唇，道："我的名字。"

"对啊。这么看来，你们真的很有缘。"我故作不经意地，用一个玩笑的语气提起，"我记得那年班里有男生造你的谣，话说得不太好听，万崇差点跟他们打起来。在那之前，万崇在我印象里，是一个从不会跟人急眼把同学关系闹僵的人。"

我试图隐晦但有效地暗示，同时观察着林薇脸上的神情变化寻找答案。

林薇神色无异，淡淡地看向我，冷静得让人猜不透她当下在想什么。就在我思考是不是该说得更直白些，或者找点什么有力的证据佐证时，林薇开口了。她说："椰青，你是想告诉我，阿崇那时就喜欢我吗？"

我眨眼，惊喜于林薇听懂了我的弦外之音，又诧异她如此直白地问出来，关键是她此刻的神情，古井无波，并未因此而喜悦或者难过。我小心翼翼地确认道："你相信吗？"

"信吧。"林薇的语气有些沉重，"其实我有感觉。"

我一瞬不瞬地望向她——这种心情，我太熟悉，比如在工作中，我的能力撑不起审美时，会有这种迷茫的无力感。而此刻，当我的能力实现不了我的欲望时，我又一次觉得挫败。我试图看清她的想法，理清她和万崇的关系，但我做不到，我觉得自己压根不了解他们，像是个多管闲事的小丑，自欺欺人地打着为他们好的旗帜，逼迫他们配合自己走戏。

我逐渐抽离出这个角色，真正以旁观者的视角听她讲述道："刚在一起的时候，我就诧异他记得我低血糖的事，知道我喜欢的颜色、吃东西的忌口，原本以为是他细心、记性好，后来有次他说梦话，应该是梦见我被人围堵攻击吧，他说让我不要害怕，说别人说的话都不对，我只是猜高中的事让他耿耿于怀。后来有一次他喝醉酒，我们互相吐露真心话的时候，他说后悔高中在我受到攻击时没有挡在我面前，我便更加确定了。所以你刚刚说万崇那时喜欢我，我觉得他过去多少是有些想法的，但他从来没承认过这一点。他越不承认，我便越坚信这一点。他大概是怕我有压力吧。毕竟我这个人很矛盾，我怕他太爱我，又怕他不爱我。"

林薇说话时，朝凉亭外的某个方向盎然的绿意望了眼，仿佛知道那后面站着一个人。

万崇站在她们的视野盲区中，挺拔的身形被茂密的树冠、灌木遮挡，清晰地听着她们的谈话内容，思绪被带到了过去的事上。

万崇怎么会不理解她这种心理，自己又何尝不是这般呢？

他们相恋八年，感情一直很稳定，有且仅有一次争吵。而那次争吵，于他们而言，伤筋动骨，痛彻心扉。

一度让他不敢过多地给予，怕成为她的负担，却也不甘收敛爱意，更怕她伤心难过。

关于从高中便开始喜欢她这件事，万崇最初是觉得林薇没必要知道，后来是不敢让她知道。

凉亭下，两个女人的谈话声还在继续。万崇没有现身打扰她们，而是离开了这里。

对此事并不知晓的我跟林薇闲聊着："我没有拥有过这般刻骨铭心的爱情，但我觉得人世间的感情大抵是相似的。我在工作中见到过很多对新人，有正在相爱的，有曾经相爱的，也有彼此间没有爱情只是因为合适决定结婚的。我觉得爱不是生意，不该出现筹谋算计，爱是两颗心的碰撞，是两个人尽最大可能地去表达爱意，交换爱意，从中汲取能量。两个人不论此刻多么相爱，总有一天是会分离的，会败给个人选择、家庭观念，乃至是死亡。人的生命很脆弱，永远不知道明天和意外哪一个先到来，人性是经不起挑战的，我们无法预料未来将会面对的诱惑和意外，我们能做的，只是在有限的时间里，无限地爱着。"

在有限的时间里，无限地爱着。

林薇呢喃着重复了一遍这句话。

我看向她，说："我承认自己有些理想主义。"

"不，你说得对。"林薇打断我的话，"爱情就该是理想化的。"她喃喃着，自我检讨道，"是我一叶障目了。"

万崇回来时，我们谁也没提刚刚聊天的内容。林薇自然地对万崇说："我们明天来学校拍婚纱照怎么样？"

"婚纱照？"万崇难以置信地反问。林薇对婚礼抗拒，对婚纱照也并不热衷，过去万崇不是没提议过，都被林薇以各种明里暗里的理由拒绝了。

如今听她提起来，万崇第一反应是诧异。

我察觉到万崇投来的目光，依稀看懂了他眼神里的疑问，又好像没懂般，微笑着，说："我这边没问题。需要的话，我可以来安排拍摄事宜。"

万崇显然不是这个意思，不过他没有纠正，只道："谢谢。"

林薇对此事难得兴致积极，说起校园里可以作为拍摄地的场所，主席台是一个，这个凉亭的风景也不错，教室里也要，还有学校礼堂。

我作为策划方认真地记着客户的要求，适时补充几句。

万崇此刻在跟林薇交流拍摄的准备工作，随着她娓娓道来的声音，视线偏移落到了我身上。

我余光察觉到，这两道目光滚烫直接，却不敢对视，心知肚明他是好奇我在他去打电话的时候对林薇说了什么。

天地良心，根本不用我说什么，林薇那么爱你，早已经

知晓了全部。

是啊。

当你足够关注一个人的时候，怎么可能发现不了他身上的秘密呢？就像我从泛黄的岁月中找到了万崇爱着林薇的痕迹，林薇何尝看不到。

当两个人相爱时，过去种种，并不足以改变什么，因为他们拥有具备无限可能的当下。

离开校园的路上，万崇体贴地询问林薇累不累："走累了的话，可以靠在我身上。"

万崇学生时代便是天之骄子，不过他身上没有与普通同学隔出距离感的高岭之花气质，而是很真实细腻，我一直觉得这是一种类似于"已识乾坤大，犹怜草木青"的善良。但我依旧想象不出他对一个女生亲近、呵护的模样，我看到最多的都是他如何对异性尊重或者保持距离。如今，我一些未知的疑惑，都有了具象，是一个没有令人失望、不会后悔喜欢过他的状态。

被爱包裹的林薇温和地笑着，轻轻摇头，说自己可以坚持。

我观察了他们很久，除了看出他们甜蜜相爱，并不能看出其他问题。我知道万崇就职的公司和职位，隐晦地通过朋友打听过，他很得领导看重，在公司的厦门总部一直做得不错，不知为什么主动申请调来了北京分公司，调来分公司后，很快适应且在同事间人缘不错，几个跟他合作过的经销商对他都给出了很高的评价。

抛开我的个人滤镜，万崇确确实实是普罗大众眼中的良配，在相亲市场上颇受欢迎。那天相亲会上，万崇手中厚厚的一沓资料卡足以说明这个观点。

相反，我对林薇的情况了解得便少一些，只知道她大学学的新闻传播方向，如今的职业却是一名全职漫画家。和学生时代相比，她依旧明媚优秀，可似乎少了些锐气和锋芒，多了些神秘和忧伤。

在我看来，明明他们这么相爱，为什么她不愿意结婚呢？

难道是万崇对感情不忠，被林薇抓住了把柄且处在不想撕破脸的阶段？

我想到了万崇去参加相亲会的事，换位思考，如果是我的男朋友在恋爱存续期间，还去相亲，那真是挺减分的。

即便这个行为是在长辈的要求下完成的。

刹那间，我突然想到之前在餐厅和万崇父母的一面之缘。谈话间，万母直言万崇没有对象……所以是万母对林薇的存在不知情，还是有别的什么原因？

我觉得自己都要被现在的情况弄糊涂了。

离开学校前,我们经过校园篮球场时遇到一行人在打球,身形高挑矫健的男生正准备打球,但因为少一个人,路过的万崇被林薇兴致高昂地推出去加入他们。

上学时,万崇是篮球队的小前锋,每每在球场上活动时意气风发,十分耀眼。多年过去,穿着卫衣和牛仔裤的万崇在人群中依然少年气十足,男人和男生们互相打过招呼,很快分好了阵营。

场下,有个扎双马尾的女孩拿着一顶男款棒球帽正坐在那边看,时不时还举起手机拍几张照片,看神情是跟他们一起的。我和林薇去到双马尾女孩旁边坐下,一起当观众。

林薇心情比刚刚要好,已经愉悦地和女孩聊起来。我想加入她们的聊天,但余光总忍不住朝球场上的状况瞥,注意力控制不住地被万崇吸引走。高中时我便总找各种理由,装作路人来看他打球。

在万崇在运动间隙又一次朝场边望过来时,我大梦初醒般收回分散出去的精力,终于意识到如今球场边坐着他爱的人,所以,我的一切念头都是不合适的,是该被遏止的。

我开始参与跟双马尾女孩的聊天,完全是尬聊,以此来掩饰自己的尴尬。

球场上的对抗如火如荼地推进,我又朝场上看了几次,不过我有意略过万崇,寻找其他能够转移注意力的事情。还真被我找到了一件,我发现双马尾女孩的手机镜头永远只锁定同一个男生,同时她手里拿着一直没离手的棒球帽越看越像是这个男生的搭配。实在是无聊,我便冒昧地开口问了:"在意的男生啊?"

我以姐姐的口吻、玩笑的语气,打趣了一句。

双马尾女孩当即羞红了脸,掩耳盗铃地把手机屏幕扣了扣,然后才慢吞吞地点头,后鼻音极轻地"嗯"了声。

我为自己的火眼金睛在心里呐喊了一声,然后小声说了句:"加油。勇敢做自己,在意一个人不需要自卑。"

这话是对她说的,也是对当年的自己说的,更是对每一个暗中关注过别人的人说的。

我们都是独立且优秀的个体,有自己的花期、自己的闪光点,是独一无二、无可取代的。不该因为谁的存在而枯萎收敛,应该因为阳光的存在灿烂盛放。

离开学校是傍晚,火烧云染红了半边天,与万崇、林薇分别后,我回到酒店第一时间开始忙婚纱照的事。

我除了过年,很少回晴荷,对当地婚纱店铺的了解程度不比北京,好在有老妈这个外援,迅速地有了方向。等我打电话提前沟通过后，便暂时确定了一个独立设计师的婚纱品牌去征询林薇的意见。林薇对此很满意，万崇则表示都听她的，于是，我们当晚便把这个事定了。

翌日一早，一行人去婚纱店确定了拍摄用的几套礼服和婚纱，以及适合的妆造。

临出发拍摄前，我帮林薇检查妆容和配饰，不放心地叮嘱："因为是临时决定拍婚纱照，所以一切准备得略显仓促，不过拍摄质量你放心，我带来的团队里有专业的摄影师。如果在拍摄过程中你有什么想法的话，一定要及时沟通，我来协调。"

"我会的。麻烦你了，椰青。"正说着，林薇突然停了声音，看向我身后，嗓音紧绷地喊了声，"阿姨，您怎么来了……"

我回头，看到来人是万崇的母亲。万母一辈子为家庭操持，未曾保养的脸庞衰老得很快，发间明显窥见了白丝，但不难看出她年轻时是个气质出挑的美人。对方没有回应我的礼貌问好，眼神沉痛甚至满带敌意地凝视着林薇。

我刚察觉状况不对，没等询问什么，就见万母"扑通"一下跪在地上，声泪俱下地苦苦哀求道："就算阿姨求你了，求你放过小崇吧，好吗？"

如果说林薇前一秒是紧张和无措的，那此刻，随着她手中起到装饰作用的捧花脱手后打着旋摔到地板上，她的脸色一阵青一阵白，只剩窘迫和尴尬，以及绝望。

她紧紧攥着婚纱的裙摆，嘴唇被她的贝齿咬住，口红斑驳，唇瓣已经失去了本来的血色。

万母张望着渐渐围聚过来的人，克制住揭露私事的冲动："小薇，阿姨知道你是个好姑娘，放小崇走吧，就当是给自己积德了，行吗？我们一家会念你的好的。"

"妈，你这是做什么！"在露台上接工作电话的万崇闻声回来，加紧脚步挡在了林薇面前，试图把母亲从地板上扶起来，"你先起来。"

万母推开儿子搀扶的手，跪坐在地上，泼妇一般，毫无形象地以泪洗面："我怎么不能来？你为了这个女人不要我跟你爸了是吧？你这是要逼死我们啊。两年了，整整两年了。"

万母哭肿的眼睛看向林薇，质问道："你还要连累我们家多久？如果你对小崇还有一点儿感情，麻烦你放过他好吗？他还要结婚的，他还有自己的工作和生活，他对你已经仁至义尽了。我们可以给你钱，你需要多少钱，多少都行，只要你敢说，我们一家去借钱给你凑，啊？"

林薇跟着哭，泪水根本不受控制地落下来。她咬破了唇瓣，喃喃道："我不要钱，不要……"

"那你要什么？你！你怎么不快点去死啊！"万母恨极

了，哭号了一阵后，口不择言地暴怒道。

"妈——"万崇厉声制止。

两道声音一声盖过一声，但林薇听到了。她往后跌退半步，脸色惨白。我尚搞不清状况，本能地过去扶她。

万崇也眼疾手快地过来扶，但林薇又一次退步，躲开了他的动作，反而抓住了我的手，嗓音压抑地对我央求道："带我离开。"

我看了万崇一眼，然后按林薇的要求照做。

周遭围聚着看热闹的人，同情或者指责的目光通通落在林薇身上，她每一步走得都很艰难，近乎麻木的双脚在地面上呈拖行的状态。

我曾经陪林薇走过这样的路，没有鲜花簇拥，有的只是鼎沸的唾骂声，只是，如今的林薇已经不复当初的坚强。

我带林薇先回酒店，顾不上提醒她把婚纱换下来然后卸个妆再舒舒服服地睡一觉，因为她的状态实在是太差了。

从万母长篇大论的输出内容中，我依稀能了解到，林薇似乎从两年前便开始身体不好，这一度成为她和万崇谈婚论嫁的阻碍。想到这几次见她，万崇对她小心慎重的照顾和她日渐憔悴清瘦的脸庞，突然就有了解释。

我打算留她自己睡一会儿,林薇却说:"我先把婚纱换下来吧,别弄脏了。"

她透过镜子看了眼自己脸上哭花的妆,问我:"你有带卸妆水吗?我需要借用一下。"

我于心不忍,忙说:"我现在去给你拿。"

等我回房间取来卸妆水和化妆棉,林薇已经脱掉婚纱换上了舒适的衣裤。不仅如此,我盯着林薇光秃秃摘掉了假发套的头顶,惊愕得险些失态。

好在林薇闻声朝门口望来时,我及时收敛好神色,把两样东西递过去:"这个卸妆能力还挺强的,接触到皮肤自己会融化,眼睛的地方你可以多揉搓一会儿,卸得干净些。"

"谢谢。"林薇道谢后,接过,去了卫生间,很快有水流声传出来。

我站在房间里,看着平整地摆放在床尾的婚纱,与一旁林薇戴过的假发。

我视线落在后者上,盯得有些久了。直到卫生间里水声停止,直到林薇脸庞素净地出来。我抱歉地匆匆收回视线,慌不择路般问了句:"你的头发……"

刚问出口,我便及时收声。

林薇无所谓地提了提嘴角,解释道:"是化疗。"她没

意义地补充，"已经两年了。"

我尽量让自己表现得平静，不多言，不好奇。这时房间门被刷开，万崇回来了。我把床尾的婚纱抱起来，作势离开："我去还婚纱，不打扰你们了。"

我抱着体积庞大的婚纱从万崇身旁经过，穿过玄关，走出酒店房间，却在门板掩住的最后一刹那，听到房间内飘出的，林薇对万崇说话的，带着哭腔的声音："阿崇，你听你妈的话，别再见我了。"

我抱着婚纱回了房间，公式化地和婚纱店那边沟通了几句，然后又回了几条团队的消息，便陷入了极丧的发呆环节。

直到酒店房间的门敲响，我才从纷杂的思绪中抽离收拾好精神。原本以为是客房服务来取要干洗的衣服，不想见到万崇站在门外。

他神色疲倦，挤出一个礼貌的笑容，问："你方便过去陪一下小薇吗？"

没等万崇想出合适的拜托理由，我一口答应："稍等，我取一下东西，现在就可以过去。"

万崇明显松了口气。

我是个话不多，但观察能力很强的人，尤其是面对万崇。

我注意到他此刻的状态，心跟着揪起来，也为自己爱莫能助感到无力。

我取了手机和工作用的电脑，抽了房卡，关门。万崇站在门侧，盯着长长的走廊尽头，不知在想什么，他的肩上仿佛压着十万大山，让人感到压迫和悲伤。

"可以走了。"

听到我的声音，万崇才移过目光。他抬步，又顿住，把手里的房卡递给我，说："我就不进去了，小薇不想见我。"

他后半句说得十分艰难。

我接过房卡，放轻了声音，生怕惊扰到他紧绷疲惫的神经："她……情况还好吗？"

"晚期，淋巴瘤。"万崇说。

这是一个很糟糕的情况。

我在林薇房间外站了足足三分钟，才抬手，敲响了房间门。

"谁？"

"小薇，是我。"

门板内传来拖鞋踏在地毯上的脚步声，很快房间门被打开。林薇明显已经哭过一场，眼眶红肿，整个人带着倦态。

"我方便来你房间待会儿吗？需要处理一点工作，但我房间的网络有问题。"我抬了抬臂弯里抱着的笔记本电脑，仿佛没看出她脸色不对劲一样。

林薇没有质疑我,让开路,说:"进来吧。"

我的确有工作要忙,不算撒谎。目前手上除了要策划万崇和林薇的婚礼,还有两场婚礼在推进。其中一场婚期临近,各项工作都在收尾阶段。

我没强制发起和林薇的聊天,安静地开始工作。

没一会儿,身后传来林薇的声音,她问:"你在工作中遇到过我们这种情况的新人吗?"

我落在键盘上的双手离开,缓缓转身,面对着林薇,道:"很少。我见过最多的,是爱情败给现实的事例,很难有人可以兑现不离不弃的海誓山盟。"

林薇靠着床头,纯白色的薄被随着她支起的双腿,拖出流畅漂亮的褶皱线条,像一朵绽放的大丽花。

林薇在许久的沉默后,开口道:"其实,我和他两年前已经分手了。"

我面露疑惑。

"我们的感情开始于一个很错误的时机,他朝着锦绣前程前行,而我狼狈地戴着一副自欺欺人、粉饰太平的假面,整日无所事事。"林薇的语气听上去如常,她已经太久太久,或者准确地说,从未向人分享过这些事。她心虚地、自知卑劣地不敢与人言,"刚上大学的时候,我患上了很严重的抑郁症,在江边站久了都会萌生出索性跳下去了结的念头。是万崇把我从那个阴暗的世界里拽出来,我从最初向他隐瞒病情,到在他的陪伴下痊愈。可没等我回归到正常人的生活几年,我身体便查出了恶性肿瘤。感觉像是老天爷跟我开了个玩笑,我的命终究是短暂的、狼狈的、无法自己做主的。更戏剧的是,在我拿到检查报告的前一天,我跟万崇吵过一架,万崇已经收拾了自己那部分生活用品,从我们一起租的房子里搬走了。那已经算是分手了吧,在我看来是这样的。但是当他得知我的身体出了严重问题后,借口回出租屋收拾遗漏的东西,重新住了回来。我的病让万崇失去了分手的权利,他一旦离开,将会受到来自自己和外界的指责。因为责任和担当,他一直陪在我身边。其间我们吵过无数次,我无数次地赶他走,又无数次地留下他。"

我从书桌前离开,坐到了床畔,揽过林薇的肩背,帮她一下下顺着哭到哽咽的呼吸。林薇真的是太瘦了,隔着夏日衣衫薄薄的布料,我能感受到她嶙峋的骨骼,心疼得不敢用力:"万崇如果那个时候抛弃你,他就不是万崇了。我相信换作你,你也不可能在这种时候抛弃他。你们都是很好的人,我不知道你们为什么争吵分手,但我知道,你们之间的爱没有消失,爱只是在柴米油盐和家长里短中,换了一种形式存在着。"

"不是的。椰青,我真的,真的是一个很坏的人,如果我可以狠心把他推开,如果我可以……"林薇已经泣不成声,深呼吸几次,让自己情绪不会太失控,语气勉强算得上平稳,继续道,"其实有很多次,我都可以把他推开的,但都犹豫了。我以一种'我这是让万崇继续做个好人'的借口,心安理得地接受着他对我的好,我以为这是不让他为难,实际上,却处处为难他。万崇这么好的人,如果不是遇到我,他的生活不会一团糟。万崇妈妈说得没错,我怎么还不死啊……我真的好想去死,好想死。可能只有我死了,万崇才会解脱,脱掉本就没有绑架在他身上的道德枷锁。"

林薇双臂环在膝盖上,抱得越来越紧,整个人缩成小小的一团。

那天,林薇哭了很久,我把她哄睡着时,右边的肩膀都酸麻了。我坐回到书桌前,放空地发了会儿呆,然后收拾起笔记本电脑往外走。

我拉开门,看到杵在门口的万崇时,吓了一跳。我神色镇定地跨出房间,把门掩着,才低声说:"她睡着了,你要进去看看吗?"

万崇摇头,慢半拍地补了句"不用",我适才把门关上。

我和万崇站在走廊上,安静了很久。我不知道说什么,这一天的信息量太大，完全超出了我大脑的负荷，可要这样直接回房间吗？我总觉得该说些什么才好，替林薇说几句话，或者试着开解万崇几句。但我左思右想，觉得说什么都不合适。

僵持之下，还是万崇先开口："饿吗？我请你吃点东西吧，感谢你陪小薇说话。"

"好。"

酒店旁边的素食餐厅内，两人相对而坐，桌上摆了两份简餐。

万崇吃得快，大概是这两年看病寻医的波折，让他已经很久没有慢条斯理地享受过美食了。

在我快吃完的时候，万崇出声道："介意听我说说吗？"

我搁下筷子，耐心地做洗耳恭听状。

"可能是我跟小薇刚在一起时，和在一起很久后，前后不一的表现让她失望了吧。"万崇不是个擅长检讨自己，但也不会指责别人的人，尤其是在现在这个处境，他说什么都不妥当，"小薇是个对人际感情很强势的女孩，比如她推荐给身边人的电影，对方一定要看。刚在一起的时候，我为了更好地了解她，清楚她的喜好，所以很积极地观看、给反馈，然后我们会非常愉快地讨论，继而发散话题，建立更好的亲密关系。可在一起的时间久了,对她的了解程度根本不需要从某部电影或者某项爱好中挖掘,因为她喜欢的影片不是我常看的类型,所以我变得敷衍、搪塞。小薇便因此十分介意,认为我对她不在意了。

"也可能是我前后两个阶段,太始终如一的表现,让她觉得疲惫吧。小薇时间观念很强,不喜欢爽约的人。刚在一起的时候,我被老师留住忙学生会的事,小薇可以不计较,打包了甜品来陪我,一句抱怨都没有,反倒主动说理解我的辛苦。当工作后,我依然会因为要完成领导临时安排下来的紧急任务,没办法去赴和她提前定好的约会,她便因此生气,说她牺牲掉画稿的时间化妆、搭配衣服,结果我轻飘飘一句加班浪费了她几个小时的心思。其实事后想想,当时的我完全可以找到折中的办法,来平衡一次次的分歧。可身处其中的我,仗着自己对对方的那点了解也好,被当时的处境影响了决策的方向也好,并没有把事情处理得漂亮。"

我适时开口:"林薇跟我说过,那段时间她辞掉了工作,全职在家画漫画,因为没有收入,整个人变得焦虑、暴躁,所以处理事情过激了。不单单是某一方的问题。"

"漫画这种创作类工作,前期回报是很低的,但我相信她是有才华的,也愿意支持她坚持这个选择。只不过,当时我们刚毕业,手头没有那么宽裕,每个月要支付住房租金和日常生活开销，还要应付随时会出现的意外支出，日子过得紧巴巴的。小薇十八岁以前的人生经历过大起大落，对苦难的承受力强，所以理想化地认为钱不是生活的必需品。而我做不到认同这个观点，我的工作当时是我们两个人生活的唯一经济来源，所以我不能自由地选择结束工作的时间。"说到这里，万崇突然笑了，自嘲地笑，"如果这世上的难关，都是用金钱就可以渡过的就好了。"

我知道万崇这是想到了林薇的身体状况，不过我当下没往这个禁忌话题上聊，而是把重点放在影响较小的事情上，试图分散他的注意力："所以你们因为金钱争吵，最终分手了？"

"算是吧。我们吵架是因为一件很小的事。那年小薇为了给我准备生日礼物，临时找了个兼职赚快钱，是在一个晚会上演奏钢琴。林薇自小学钢琴，不是为了在这样的场合表演的。况且邀请她去的朋友，是为了羞辱作践她。我为自己没有给她提供更好的生活而自责，感觉自己非常失败。所以当我在那个活动上看到她时，第一反应是带她离开。可能是我的自尊心作祟吧，情绪起伏过大，言不由衷，小薇则因为没有完成演出便拿不到薪水而跟我生气。我们两个人之间长年累月积攒的负面情绪，在那天全部发泄了出来，话赶话说了很多伤人的话，亲手把这段感情变得面目全非。我直觉再相处下去，情况只会更糟，但我没办法看小薇留宿街头，便自己收拾了行李离开。"

我知道这是现实社会里爱情的常态，包括我自己遇到的也是这类庸俗、无聊、结局难逃死劫的感情，但我依然虔诚地希望，万崇和林薇可以幸运一些，毕竟交付真心的人不该被辜负。

总有人的存在，是让别人相信爱情的。

那天，我和万崇的聊天结束在他收到林薇睡醒发来的消息后。

万崇查阅完信息，把手机收起来，说："小薇醒了，一起回去吧。"

我应了声"好"，往回走时，语气尽量放松平和地说："你看她还是把你当成最亲近、最依赖的人，她是真的离不开你。"

万崇嘴角提了提，表情幅度很轻。

我之后没再说话，落后半步望着万崇迫切赶回房间的身影。

我认为林薇说得不对——她的病，存在的意义绝对不是剥夺万崇分手的权利，而是给了他一个机会证明爱的分量。

第四章 //
临终关怀

我策划了他的婚礼

回到北京后我很长一段时间没见万崇和林薇，在忙着策划另一场婚礼。

准确地说，是一场金婚纪念仪式。这对老夫妻五十年风雨同舟，沟通过程中得知，白头偕老的背后却是一地鸡毛。我知道在这样喜庆的日子里这样想显得煞风景，但不得不承认，我对爱情对婚姻太悲观了。我不知道自己是受那天万崇的话的影响，还是在用"得不到也没关系，反正得到了也未必开心"的偏激理论自我安慰。

我现在丧得要命。

好不容易,工作临近尾声。助理小敏拿着两杯咖啡进来,递给我一杯后,凑近些神秘兮兮地悄声说:"咖啡是尹总准备的。他知道你今天在这里工作,在外面等着接你下班呢。虽说他的颜值比上回找你要联系方式的万崇差点,但社会地位高啊。"

我喝咖啡的动作一顿,朝她过来的方向望了眼,自然是看不到当事人的,收回视线用玩笑化解这个话题:"我看出来了,你很热爱这份工作,下次再有跟相亲平台的合作,我还带你去,你不当红娘可惜了。"

小敏被我说得"咯咯"笑。

尹珉算是我的领导,年轻有为、品貌俱佳,我刚进公司便对我照顾有加,不过那时我有男朋友。自打我恢复单身后,尹珉才正式隔三岔五地约我。

他总有花样百出的约会方式,从不吝啬表达爱慕。比如这天,尹珉接我下班时,便问起:"这周末有空吗?我买了两张音乐会的票,想邀请你一起去看。"

"周末应该不行。我要去医院看望朋友。"我说。

的确是看望朋友。林薇从晴荷回来后,再次住进了医院。

长途的奔波和情绪的剧烈起伏,让她病情有些恶化,经历了一次化疗,这两天才稍稍精神些。

我不知道林薇和万崇是如何沟通的,她这周正式从肿瘤科转入了安宁疗护科,在转入这个科室后自愿签署一份生前预嘱——放弃疼痛治疗,放弃心肺复苏、使用呼吸机、使用喂食管、输血、昂贵抗生素等生命支持。

也就是说,林薇正在平静地等待着生命结束的那天。

我在刚从晴荷回来时,去医院看望过林薇一次,当时林薇在睡觉。

肿瘤科住院部连空气都是苦痛的,有避开患者躲在走廊偷偷抹泪的家属,也有躺在病床上绝望地透过窗户望着那一角天空的患者。我本身是个感情敏感丰富的人,很难不被那个氛围影响到,只待一会儿便走了。

我其实是有些怕去那个环境的,可那里是林薇亲身经历的,我直觉自己一方面安慰她坚强,一方面想做个胆小鬼的念头格外矫情。

万崇在这种情况下还能做到不离不弃,真的令人高看。

"福不双至,祸不单行。一件祸事产生的连锁反应是不可估量的。"那天房露听我跟她描述完林薇的状况,沉默了许久,才如是说道,"我收回之前说万崇是渣男的话,他在这件事上做的，已经打败了99%的男性。是个好男人。"

房露不是个容易内耗焦虑的人，但这种生死大事，很难不在心中留痕。她叹道："算了，不加班了，赚这么多钱有什么用，眼睛一闭一睁，什么也带不走。国家福利政策这么好，还没到看不起病的时候，能治就治，治不了拉倒。下班下班，姐姐我要去享受生活！"

房露想一出是一出，几分钟的时间里已经聊到——

"你什么时候有假，咱们去旅游啊，趁现在没到暑假是淡季。"

"等我忙完这一阵吧。"

真挺久没去玩过了，手上项目不断，客户找我从来不分时间、地点，人家发了就得回，这关系你不维系人家就选别的策划师去了，职场就是这么实际。

说走就走也不是没假期，狠狠心这几天把年假休了也行，可林薇那边的事，我总想着有空就去看看能不能帮上什么忙，毕竟是老同学，很珍贵的情谊。

挂断房露的电话后，我收到房露推过来的好友名片。

她说这是协和攻克这方面疾病的很有权威的医生：不知道能不能帮上忙，如果有需要的话，你们问问看，多条门路多个机会。

你看，别说身为老同学的我了，连房露这种陌生人都不忍心袖手旁观。

我在医院外面做了几次深呼吸才终于踏进住院部。我本以为今天到病房后见到的会是一张平淡沉默的脸，但眼前的林薇比预想中要有精气神。

准确地说，是旁边一个穿着病号服、剃着光头、十三四岁的小男孩单方面调动着她的热情。

小男孩如数家珍般跟林薇分享自己喜欢的动漫角色，坐在病床上手舞足蹈地比画着似乎是什么动漫里结印的手势，嘴里还自己给自己配音效，特别中二。他应该是知道林薇会画漫画，问她可不可以把自己画到漫画里，画一个白天在医院病房里隐藏身份，夜晚出去拯救世界的超人，还具体描述了要戴什么面具、披什么样的斗篷。

林薇明显疲于应付，但因为对方是小孩儿，便多了些照顾，哪料开了个口，问题便没完没了。

林薇看到我，眼睛才亮起来，比过去每一次见到我都热情。她随即对那小男孩说："小猛，你先自己玩一会儿，姐姐招待朋友哦。"

避开小男孩，林薇才压低声音，对我道："他太能说了，小'社牛'。"

我弯唇，说："病房里热闹，有生机。挺好的。"

是有生机，完全不像是绝症患者的病房。但林薇身上带着初来这个科室的不适应，并未完全放松，没说几句话情绪便暗自低落起来。

过了一会儿，小男孩被家人带去楼下晒太阳。

我目送他们出去，林薇才跟我说小猛是白血病，长期化疗的副作用伤害很大，他的父母决定放弃有创治疗，让他转来了安宁疗护病房。

安宁疗护的病房只提供给重病危重、重度疼痛的终末期患者。人处在这个阶段，还能拥有一个好心态，真的很难得。

很快，我发现，安宁疗护病房的氛围跟其他科室相比，十分不一样，大概得益于医生在对病人积极抢救的同时，还给予了更多的关怀，每个人都活得很勇敢而精彩。

不仅有热血中二想要拯救世界的少年小猛，还有一个为自己办葬礼的樊爷爷。

"樊爷爷的葬礼？他过世了吗？我昨天还见他在楼下公园遛弯。"林薇正跟前来做日常检查的护士聊天。

国人传统，死亡是忌讳的话题。饶是新时代的人，聊起时，也下意识地放低声音，谨慎地顾虑着。

"没。他提前给自己张罗的。"护士忙完,两手插在白大褂口袋里,回答。

林薇没说话。

我跟着沉默,从没见过为自己办假葬礼的生者。葬礼和婚礼一样,都是文化传承的一种形式。葬礼尊重并安慰逝者灵魂,肯定其社会价值,同时让家属和亲友宣泄痛苦,表达哀思,获得心理支持和安慰,敢于面对和直视死亡,建立新的自我身份认知。我一直认为,这是给丧亲者的疗愈仪式。

活着的人为自己办葬礼,在大多数人看来,尤其是老一辈的人,这是一个很荒唐的行为。

因为这种感受太特殊,我在病房待得有些久,不知不觉到了饭点。万崇带着饭盒出现,我跟他打过招呼,随之起身,准备告辞。

"阿崇,你去送一下椰青。"林薇靠在病床的床头,说着又看向我,"椰青,你明天可以再过来吗?我们一起去参加樊爷爷的葬礼。"

我抿笑,答应下来。

万崇送我从病床出来,说:"你能来陪小薇说话,她很开心。谢谢。"

万崇赶过来得有些急,本该外翻的领口有一角掖到衣服里，我注意到，抬手帮他指了指。等他垂眼把衣服整理好时，我才回："我能做的有限，也就来陪她说会儿话了。你也要照顾好自己。"

他皮肤状态不错，黑眼圈不重，但眼底的疲惫很浓，那是一种无声无形的压力和紧迫感。

我把房露推来的医生名片推给万崇，又说："不知道能不能帮上忙。如果有需要搭把手的，随时可以找我。"

万崇道了谢，然后礼节性地说了句"会的"，便没再提。

离开晴荷前，我再三考虑，决定把林薇宣泄痛苦时那句"我真的好想去死，好想死"转述给万崇，让他多多关注林薇的心理健康。

万崇听完我的话后，陷入了长久的沉默。

我无能为力，良久后，试着开解道："很多患有心理健康疾病的患者，其家属也同样该注意心理健康问题。她将你看得很重要，所以你的情绪直接影响到她，你的过分紧绷让她感受到了压力，或许你也可以改变一下自己的态度。"

医院环境空荡，消毒水味刺鼻。我能感受到，万崇在林薇面前竭力装出一副轻松的姿态，一离开病房便恢复成紧绷凝重的神情。

经过某间病房的时候，因为病房里笑声朗朗，我不自觉地被吸引去了目光。是个穿着病号服、很有亲和力的姐姐，正跟来查房的小护士聊穿搭心得。

我收回视线，说："这里的氛围真跟其他科室的病房不一样。"

万崇随之望过去的目光柔和些，很难不被这般融洽和谐的医患相处触动。片刻后，他抬抬下巴，提醒我看某个方向："你看那句话。"

我茫然地偏头，看到护士站后面的墙壁上写的标语——

你重要，因为你是你，即使在生命的最后一刻，你依然重要。

这句话来自临终关怀服务的创始人，一位具有开创意义的英国女护士——西塞利·桑德斯夫人。

万崇随之念了一遍上面的句子，用的是英文，发音地道动听，令人心静。

就该是这样的，不论是谁，不论哪种方式，都应体面地告别。

可能这就是安宁疗护的意义吧。

翌日，我去赴和林薇的约。只不过路上堵，到得迟了些，本以为仪式已经开始，岂料一个小插曲让这场别开生面的葬礼成了闹剧。

而闹事的人，是樊爷爷的儿子。给尚在世的人办葬礼，大多数人看来是不吉利的。没有沟通到位的青年接受不了父亲此举，大闹灵堂。家务事别人帮也帮不上，只能干看着，场面一度失控。

摆在灵堂中央封着黑白照片的相框掉在地上，玻璃破碎，黄白相间的花环扯掉后在地板上被踩出一个个脏兮兮的脚印。

我费了些劲才在人群中找到了林薇，万崇也在，正在扶住她的手臂，半拥着她，避免她被混乱的人群误撞到。

"要不要带她先回去？"我走近帮着出主意。

万崇看林薇，询问她的想法："不想回去的话，也可以去外面等一会儿。这里太乱了。"

情绪被细腻照顾到的林薇笑了笑，说："回去吧。"

一行三人刚走到出口处，灵堂最前方的闹剧消停些，我们驻足，回头望去。樊爷爷颤颤巍巍地走到那个支着小型麦克风的台子旁边，说："让大家见笑了。我这个年纪，过去常被人骂老顽固，今天也'潮'一回，给自己办一场葬礼。我儿子说得没错，这事说出去，会被人笑掉大牙的，哪里有人要咒自

己去死。"

底下被气得够呛的青年别开脸,眼不见心不烦。樊爷爷笑呵呵地继续说:"儿子,老爸我这么做,不是在迎接死亡,而是在纪念我平庸且漫长的一生。我这一生没有什么大成就,年轻时几个关键的人生转折点都不幸运,精准地避开了各种福利、风口。我十八岁参军,在我入伍的前一年国家取消了直招士官三期转业的待遇,在我当兵的第二年,我错过了带编入伍的机会,后来又错过了毕业生直招军官的机会,后来的提干考试我因为腹泻错失机会。我这一生,过得匆匆忙忙、庸庸碌碌,不断地在失去。

"我的妻子嫁给我的时候,我一无所有。我问她为什么选择我,她说是因为我性格好,会照顾人,说情绪价值是多少金钱都买不来的。"说到这里,樊爷爷笑了笑,语气轻松而感恩。

他看向底下的观众,眉目慈和又深情地盯着一个坐在轮椅上面色苍白的女人,这是他的妻子。他说:"研心,这些年辛苦你了,我除了说一些花言巧语,一直没能给你提供更优质的生活。"

情因老更慈,因为时间增加了爱情的厚度。

"我与妻子育有一儿一女,儿女都很优秀,如今儿子组建了自己的家庭,我们有了小孙女,女儿明年也要结婚了,女婿很爱她，也很孝顺我们。"

樊爷爷站在台上说了很久，久到他现在的体力已经不足以支撑这么久的专注状态，但他脸上始终带着笑，寂寥的、解脱的、清澈的。

人生海海如梦，华宴终散场。

底下有人在哭，为樊爷爷，也为自己，然后哭着哭着，也笑了。

死亡似乎不再是谈之色变的话题，不代表遗憾、悲伤。它像是连续剧最后一集最后一个剧情结束后屏幕弹出的"全剧终"，是为一个或平淡或跌宕的故事完整地告别。

我想到英文单词 mortal 的名词释义是凡人、普通人，而形容词释义则是终将死亡的。

是啊，我们终将死亡，有什么可怕的呢？

而樊爷爷勇敢地担当起一个为自己宣读告别词的角色："谢谢大家愿意来到这里参加我的葬礼。今天，我在自己的葬礼上，讲述了自己平凡的一生。我以此为傲。来人间一趟，我可以坦诚地说，我过回本了，值了。"

从葬礼回来的路上，林薇跟我说："樊爷爷退休前是专为聋哑人打官司的手语律师，公益性质的，几乎没有收入，但是个很了不起的人。不过有一年，他辩护了一起冤假错案，被报复发生了车祸,他妻子的双腿就是在那场车祸后截肢的。樊爷爷消沉了一阵,刚打起精神走出心结,便查出了肺癌,晚期。"

福无双至,祸不单行。

"但他真的很乐观,就像他做的那些事一样,他这个人也是光明正大的。"林薇说。

每个人身上都是有光的,自己可能看不到,但身边的人会被这股能量照耀到。此刻林薇的眼睛被樊爷爷身上的光照得闪烁、明亮。

这场葬礼让林薇像是得到了一次洗礼,她变得前所未有的宁静。

过去和万崇一起经历的点点滴滴如同电影画面般在脑海中不断闪过,她紧紧地握住了万崇的手,越发肯定且看重他在自己生命中的意义。

万崇误以为她有事,偏头看过来,眼梢微动,无声地询问。

林薇抿唇笑了笑,轻声说:"阿崇,我真的好爱好爱你。如果有一天,我要在自己的葬礼上讲述一生,那你将是其中具有最多戏份的角色。"

万崇回笑,说:"我相信。不需要法律界定,我依然愿意做你的第一责任人。"

先前开始关注林薇的心理健康后，万崇尝试过脱敏治疗。

在心理医师的辅助下，万崇跟林薇沟通过几次，试图弱化她对死亡的情绪，直视且平静地看待死亡这件事。

但效果都不佳，最终还是在一次化疗副作用带来的疼痛中，林薇主动提出，放弃继续化疗，想要转去安宁疗护科休养。

万崇经过多方面的了解，最终遂了她的心愿。

如今看来，这个选择是对的。至少此刻，林薇的状态异常不错。

人真的是很神奇的生物，会阶段性地屏蔽部分回忆。就比如林薇，如果某个阶段她大脑里想得最多的是万崇在过去几年间为自己的付出，那她便会觉得自己是个拖累，开始厌恶自己，恨不得自己马上就死，还他解脱；如果当她放下负罪感，想到的多是和万崇在一起的甜蜜时刻，那她便会格外依赖万崇，每时每刻都想黏着他，而那些所谓的"拖累"经历，都变成了他们深爱的证明。

过去她为证明自己可以照顾好自己，喝杯水都要亲自倒，而今天，她更愿意依赖万崇，想看他为自己忙碌，想看他注意力落在自己身上。

情绪到底是恶性循环，还是良性循环，取决于林薇看待问题的角度。

她是整个过程中唯一的变量。

这天我在医院没有待很久,旁观着林薇和万崇默契甜蜜的相处,意识到自己多余。

我起身告辞,对林薇说改天再来看她。

这次不需要林薇提醒,万崇自觉起身,说:"我送她出去,顺便去缴费。"

林薇轻声应"好",却好似在我和万崇前后脚离开病房时,盯着门口的方向深深地望了眼。

走廊上,我和万崇往电梯间的方向走。

这个科室的医护人员似乎更人性化,我只来过一次,有护士便记住了我,碰面时很熟络地跟我打招呼。等走出一段距离,我才主动对万崇开口:"感觉林薇的心态平稳了很多。"

万崇在想事情,他依然是在林薇面前和外人面前两个状态,紧绷着一根神经,给人的感觉很疲惫,我真的担心他什么时候就垮了。

万崇慢半拍地看向我,一两秒的迷茫后,接了我的话:"是,多看看别人的生死,便会理解死亡是一件很寻常的事。"

我微微张嘴,想要再说点什么。万崇抢先开口,说的是其他事:"我妈是不是经常联系你?"

"……对。"之前在餐厅加过微信后,聊过旅游攻略,后来隔三岔五闲聊几回,前段时间经过婚纱店那事后,万母找我更多的是发牢骚。我把握着说话的分寸,摆正自己的立场,没有任何不妥的言行。

万崇自然没有疑心这一点,此时提起,是特意说一声:"抱歉,如果你觉得困扰,可以直接屏蔽掉。我妈那边,我会解释的。"

"屏蔽消息不太好吧,阿姨没总找我,不碍事的。其实我平时也常听客户或者同事说一说家长里短的事,我们这行嘛,必要时候需要出面协调这类关系。况且,跟老家的长辈聊聊天,感觉很亲切。"

"那……"万崇迟疑,很多事情都要他来解决,确实很难兼顾到,万母便是跟儿子沟通不出个所以然,才找外人倾诉的,他略一思索,道,"那麻烦你费心了,就当我欠你个人情。"

我弯唇:"什么人情不人情的,你有朋友、同事要结婚的,给我多介绍点客户就行了。"

"一定。看出来了,你事业心很强。"万崇说。

"还行吧。北漂久了,觉得健康和事业才是实打实的,爱情虚无缥缈,如果不是看到你和林薇的状态,我真的要不相信爱情了。"

"这么夸张？"万崇随口接了句。

我苦涩地笑了笑，自知聊深了，及时刹车，提醒："缴费台到了，你去吧，我就先走了。"

万崇缴完费，又去超市添置了几样紧缺的生活用品。

他回病房时，林薇沮丧地靠在床头，不知道是不是身体哪里疼痛得忍受不了，脸色看上去有些难看，闻声望向门口看到万崇时，语气交织着埋怨和责问："怎么去了那么久？"

后来，我才知道，林薇那段时间屡次给我和万崇制造相处的机会培养感情。

只是，当外界洒在林薇身上的光，与她藏在内心暗处的隐秘情绪相悖时，人在冲突之中会引发思考，思考的结果势必会有一方被摒弃，她到底是继续坚持自己的认知，还是迈向新的阶段。如果是前者没什么不好的，但后者一定会让她推翻一直以来经过深思熟虑才做出的决定，其中包括对我和万崇关系的态度。

而这时，我和万崇多次一起出入医院，一些无从考究的谣言冒头。有人搞不清我和万崇的关系，误以为我们是恋人，抑或我是插足者。这类捕风捉影的言论传到林薇耳中，催化着她做出一个新选择过后的排异现象。

我该开心，林薇在安宁疗护病房找到了生活的新方向，那是一个不错的方向。可随之，我遭受了她"出尔反尔"迁怒过来的无妄之灾。

那天我父母给我寄了些晴荷的特产，我挑了几样林薇提过喜欢吃且现在身体可以吃的带去了医院。

也是巧，刚到楼下便碰见了万崇。万崇是陪林薇在楼下花园散步的，这会儿林薇去卫生间了。我跟万崇没说几句话，就被一个抱着东西急匆匆走路的男人撞到，我跟跄着跌退了半步，被万崇眼疾手快地拉了下手臂才站稳，男人怀里抱着的药盒"哗啦"一声都掉在地上。

男人连声道歉，我说没关系，蹲下帮他一起捡药盒，单肩背着的腋下包的链条顺着衣料滑到臂弯里，然后在我顾着捡药时，包坠在地上。我蹲在那儿捡东西，把包随手往大腿上一放，结果，包滑到了地面上，彻底离了身。

医院里无小事，我被这个五大三粗的男人脸上悲痛的眼泪吓到，只觉站在这儿挡了路抱歉，捡完药后，压根没记得被自己搁在地上的包。

再想起来时，我和万崇已经往旁边走了几步。我习惯性地去勾肩膀上的链条，结果发现肩膀处空空如也："啊，我的包呢?"

万崇在一旁无奈地笑,我茫然地垂眼,发现包不知什么时候被万崇捡了起来,他拎着递过来,提醒道:"我一直在等你问,想看你什么时候发现。"

我松了口气,不好意思地窘迫道:"真忘记了。谢谢。"

"公共场合个人物品最好不要离身。"

包包的链条从万崇手掌中滑开,我正要接过,这时,林薇突然出现:"阿崇,你拿的是什么?"

我这时还没意识到问题的严重性,直到听见林薇接下来这段话:"别人跟我说让我提防常来看我的那个女生朋友,我还没懂什么意思,如果你真有了别的心思,就别在我这里了。万崇,这么多年,你做得够多了,算是仁至义尽了,不用觉得抛弃我会遭到道德的谴责,你再待下去,才是让道德的判官来谴责我。"

话是对万崇说的,但我不能袖手旁观放任林薇误会。

"小薇,我不是。我——"

"不用说了。"林薇一抬手,截断了我的话,"我有眼睛自己会看。"

说完,她丢下一句"我回病房了",扭头就走。

我想跟上去把人叫住解释清楚,万崇冲我摇摇头,欲言又止，最后只说出一句："她这段时间情绪比较敏感，我替她跟你道歉。"

我摇头表示自己没事，说："你快去跟她解释清楚。"

周遭不断有医患和家属经过，我注视万崇追上林薇的脚步，仿佛一只小丑，被各色的目光打量、审视。

我不是圣母，不友善，不包容，也不想委屈自己。我那并不坦荡、不足为外人道的感情让我变得心虚。

所以，我没有立场挑剔林薇的态度。

医院里医生说这是临终病人五个心理阶段：否认、愤怒、协商、抑郁、接受。并非所有患者都会经历这些阶段，经历的时间也不相同，不一定按照顺序出现，有人也会反复或者重叠出现。

死亡这条线的影响是难以估计的，安宁疗护的医护人员在缓解患者身体痛苦的同时，也要减轻患者和家属的精神痛苦，为患者留下最后充实的价值。

那之后，我没有联系万崇和林薇，但从未有一天遗忘过这两个人。

我操心着万崇会不会太辛苦，又记挂着林薇近期的身体状况。

我站在独木桥的中央，在去不去医院的问题中，徘徊纠结。

最终我选择了去。那天,我结束了和尹珉的最后一次约会,是一次我单方面认为不太愉快的约会。

尹珉是个优秀且体面的男人,工作、家境、人品,都很体面,是一个拿得出手的,且能提供不错情绪价值的异性。可同时他也是个精致的利己主义者,没有结婚成家的打算,追求及时行乐的人生态度。

当我在约会过程中意识到这一点的时候,便暂停了继续了解的想法。

我从约会的餐厅离开后,无意识地去往医院。当我站在住院部的接待大厅前,几番犹豫,还是走向电梯间,去了安宁疗护科的楼层。

也是赶巧,林薇不在病房里。

小猛一个人在看动画片,见到我来,熟络地跟我打招呼。我陪他玩了一会儿。我不怎么了解二次元文化,对他说的内容一知半解,但很给面子地捧场附和,实打实地感受到小猛输送出来的能量。

当听他略带失落地说起,如果能活到十八岁就好了,我本以为他这是对死亡的逃避,可很快,听见他自顾自解释,十八岁就可以在死后捐献遗体或者器官,这样他哪怕去世也可以救助别人,可以真正地做一次英雄。

我大为震撼，不是诧异于他心智的早熟，而是这份格局和心胸。

"你不怕死吗？"我过去很小心，不在医院提这个字眼，可这次我失言了。

小猛歪歪头，天真地反问："每个人不都会死吗？"

有的人长命百岁，有的人英年早逝，有的人寿终正寝，有的人死于非命。死亡，从来不是人可以控制的事，但如何活着的主动权在我们每个人的手上。

我无言以对，许久后，才苍白地回了一句："你好棒！你比很多成年人，包括我，都要活得清醒。"

// 第五章
林薇·不只愛情

我策划了他的婚礼

林薇回病房时，周椰青已经离开了。

她听小猛说起有人来过后，脸上娱乐放松的笑容缓缓敛去，变成了沉默。

尤其是看到床头柜上，还没吃完的晴荷的特产。

三天前，林薇在楼下发了一通火，回到病房又冲万崇发了一通，然后赶他走。

万崇临走前，把这袋特产留下，林薇心里的自我厌恶到了极点。

但这确确实实是她想要的结果。

病房里有人来串门，是住在同楼层爱穿旗袍的姐姐唐曼。她倚在门框上，问："想男朋友了吗？"

这几天万崇不在，林薇多数时间是跟这个大自己十几岁的姐姐一起玩，因此十分熟悉。

林薇严谨地纠正："是前男友。"

唐曼无所谓这两个概念的差异，盯着自己新做的漂亮指甲，说："他真挺爱你的。这三天虽然没过来，但一直托我照顾你，陪你放松，每天都有发消息来问你的情况。哦，对了，我需要跟你说声抱歉，没有经过你的允许便把这些天你的日常照片发给了他。"

林薇愕然。三天时间短暂又漫长，她刻意不去联系万崇，想还他自由的生活，但这么多年早已经习惯了万崇的陪伴，如今改变不是一件轻松的事，但也没办法，她努力地习惯着。

就在她以为自己有所长进时，却被告知万崇从未离开过，不由得傻眼，问："什么时候的事啊？"

唐曼说："他离开那天，去我病房拜托我，带着你一起玩。"

林薇咬唇，既开心又难过。

万崇总是这样，特别会照顾人。

林薇十八岁以前，过的就是公主生活。林诚衷丧妻后便没再娶，也不是没有异性缘，就比如林薇的某一任家庭舞蹈老师便多次向林诚衷暗示过，但林诚衷态度明确，对亡妻忠贞不二。

林薇作为他唯一的女儿享受到了他百分之百的爱，她的人生清晰而光明，想要什么林诚衷都会满足。美中不足的是林诚衷工作忙，陪伴她的时间少，而且经常出差，工作地点变动大。

林薇为了跟老爸多些相处的时间，便跟着不停地转学。

她的人生转折点是在那座叫晴荷的北方小城。林薇是高二上学期转过去的，在那里遭遇了人生的重创，也遇到了自己未来的男朋友。

那是一件林薇找不到任何自我安慰理由的事故，一场爆炸让无数家庭人仰马翻。林诚衷虽没有牢狱之灾，但精气神大受影响。林薇和老爸因此搬离了晴荷，本以为老爸会让她转学回北京，或者去上海，但老爸把她送去了南方小镇。没等林薇适应水乡的生活，林诚衷因为事业落入低谷，那些长年累月隐藏在暗处的隐患浮出水面，林诚衷的身家和精神遭受多重打击，他接受不了失败，最终跳海了。

被安置在小镇的林薇，举目无亲，林诚衷托亲戚收容并且负责她的基本生活，也给她的卡里留了足够她在国内读完高中并且出国留学和生活的存款，可内心的孤苦和贫瘠是多少财力都无法弥补的。

那段时间的林薇过得绝望而崩溃,她往前看,是没有希望和奔头的,完全找不到人生的意义和目标,而往后退,脚底是空的,没有后路和靠山,连个躲起来哭泣的避难所都没有。

因为是外来者,她根本不被当地的学生接纳,她的精致和傲气成了被人做文章的话题。当然,这还不是最致命的,最致命的是她自己,她陷入了情绪的死局,找不到出路。

一年过得很慢,但也很快,她没遇到自己的救世主。

有一天,林薇突然决定不要出国了,所以她把老爸留给自己的那笔钱捐给了晴荷政府用于乡镇建设。而她回晴荷的那天,恰好是一中拍毕业照的时间,林薇因为在熟悉而陌生的街头坐错了车,等听到公交播报时,发现自己回到了一中。

她下车,跟随穿着校服的学生往校门口走,本以为自己进不去,就在外面看看也好。具体看什么,她也不知道,毕竟在这所学校的回忆并不是那么美好和治愈。但她在校门口的保安亭遇到了过去带自己的班主任,班主任替她做了登记,自作主张地把她带进了学校。

高三的学生们暂停上课,正在景观大道上按班级围聚在一起,等待着拍毕业照。林薇遇到了很多相识的同学,他们笑着热情地和她打招呼,好像大家短暂地遗忘掉了那场爆炸事故,她冰冷封闭了许久的心，被这炎炎夏日的热风吹得柔软异常，那个场景美得像是一场梦。

而在梦中，她获得了一个拥抱。那种感觉很奇怪，明明只是一个普通同学的普通拥抱，对方是个男生，很优秀、受欢迎的男生，毕业在即，他拥抱了班里所有的同学，她因为恰好回来，幸运地蹭到了他的拥抱。

他是个很热心的男生，林薇记得刚转入晴荷时，因为低血糖在国旗下演讲时晕倒，是他送自己去了医务室，还贴心地买了巧克力。

林薇一直想找机会感谢他。

所以那个冬天初雪的时候，林薇借伞给万崇。结果他来还的时候，正好她在值日，站在课桌上擦最上面那块玻璃，有学生在旁边追逐打闹，不小心撞到了她踩的那张课桌，桌腿摇晃，就在她差点从桌子上掉下来时，是万崇扶住了她，又帮了一次。

于是林薇又要感谢他。

本来想请他吃饭吧，结果到了约定的那天，林薇家里的水龙头爆了。老爸在出差，家里的阿姨回老家探亲了，林薇这个小主人着急赶回去处理。不但吃饭的事取消，着急赶回家但打不到出租车的林薇，是被万崇骑自行车送回家的。

他们的交集就像叠罗汉似的，越来越密。

后来林薇家里出事，她在超市听到有人讨论她家的事。话添油加醋说得并不好听，林薇站在对方的视野盲区，听完了全程。正当她准备离开时，发现了站在不远处的万崇，他也听到了。

那刻，林薇的窘迫被放大无数倍。一直以光鲜示人的她，并不想看到这一幕。

她看到万崇的右脚往前挪了半步，似乎打算从视野盲区迈出，大概是她脸上祈求他不要出去的神情太明显，万崇最终撤回了那只脚。

林薇见状，冲他抿唇笑了下，眼神无声，仿佛在说，谢谢，但是让他们发泄吧，闯祸的人该付出代价。

后来她跟万崇的每一次碰面，万崇都没提过相关的事，仿佛那天他不曾在。但是林薇知道，有好几次，当她在回家的路上，扭头回望时，总能看到他极具安全感的身影。

有遇难者家属去学校闹，找她讨公道，自然也会找到家里去。那年的万崇虽未做什么，但光是存在，便给了林薇安全感，又或者他做了什么，而她不知道。

林薇数不清被他帮助了几次，而她又感谢了几次。

后来他们分到一个班，做过几天同桌，但接触确实不多，因为她很快转学了。

所以，连她自己都没想到，自己会因为这个拥抱，对生活重新燃起热情，原谅了上天戏剧化的玩弄。

很快高考来临，林薇以还算看得过去的成绩考入了厦阳大学。她决定在这座美丽浪漫的海滨小城开启自己全新的人生。

然后林薇就在开学第一天的大学校园里，遇到了他，万崇，那个拥抱的发起者。

陌生的环境里，遇到熟悉的人，很容易生出亲切和依赖感，他们很快地成为朋友，然后成了恋人。

这个过程并不顺利，甚至掺杂了些上不得台面的手段，至少在林薇看来是这样的。

万崇优越的颜值和出挑的气质让他一进大学便受到来自学姐的关注，有个同学院的学姐班助跟他走得最近。据说他们之前参加竞赛时见过，很投缘。

我跟万崇因为社团的活动频繁接触，一起开会，一起排练，或者一起聚餐。大学校园里有大把的时间留给他们自由支配，林薇觉得自己和万崇的关系是越来越亲密的，可她贪心地认为这远远不够。

所以林薇抓住一切机会给万崇留下好印象，甚至得知他和学姐迟迟没有在一起时，决定再主动点。比如，林薇会试探地对万崇说："如果你哪天谈恋爱了，那我们就不要联系了。"

万崇似乎听出了她话里的弦外之音，因为万崇问她"为什么这么说"，好像要逼她说得再直白些似的，但万崇似乎又没听懂话里的暗示，因为他依旧没有任何表示，对她的态度跟往常无异。

毕竟他过去待她足以说得上是无微不至，以至于林薇分不清他对自己的好是性格使然，还是多少有点意思。

于是，林薇再进一步，问他："因为很多人包括我不相信异性间有纯洁的友情，不想让你未来的女朋友误会我。所以，下个月，我们还能联系吗？"

万崇望着她，很认真地说："可以联系。"

"那下下个月呢？"林薇得寸进尺。

万崇依然很耐心地回答："可以。"

于是，林薇便猜他跟学姐是没可能的。

猜测终归是猜测，而且人的感情是多变的，林薇很快失去了信心，尤其是当她得知万崇陪急性肠胃炎的学姐去医院后，越发不镇定了。

那天是林薇的生日，她给万崇留了一块蛋糕。当心情好时，她会感恩生活中哪怕是坎坷的经历，认为这是历练；可当心情糟糕时，便开始仇恨一切，她大概是病入膏肓了，知道这样的认知是错误的，可纠正不了，甚至觉得活着好累啊，就这样结束吧，反正这样的人生活着没什么意思。

林薇翻箱倒柜找药时，接到了万崇的电话，对方问她在不在宿舍，问她方不方便到楼下。

林薇迫不及待地跑下楼，单手端着那一角生日蛋糕。

在将要拐到一楼大厅时，林薇才放缓脚步，收敛神情，故作随意地出去见他。

万崇手里提着给她的生日礼物，是一个拼好的城堡乐高。用礼物换走了蛋糕，万崇问她："许愿了吗？"

听见林薇说许了，万崇又问许的什么。

林薇说："希望明年我们依然可以做朋友。"

她答得干脆，万崇盯着她，笑问："你是在诅咒我明年依然没有女朋友吗？"

林薇不说话，背着手，心虚地避开他的目光。那几粒没来得及吃的、纽扣大小的药被她掌心的汗打湿，黏黏糊糊的，失去了它的作用。

因为能治愈林薇的药方，此刻正站在她的面前。

后来，万崇跟她表白时，说的也是这件事："可能没办法帮你实现生日愿望了，因为我想跟你表个白。林薇，你愿意做我女朋友吗？"

那天是国庆，林薇无家可回，留在了学校，而万崇不知因为什么，也没有回晴荷。于是两个人一起去了当地的景点旅游。在人挤人的玻璃栈道上，林薇假装恐高，牵住了万崇的手，而万崇则向林薇表白了。

在一起后，林薇在万崇面前始终保持着重逢时的喜悦，却也隐藏着不为人知的秘密，她那负面消极的部分。林薇曾问万崇，觉得她是一个什么样的人。他想了很久，形容说是一只耀眼的天鹅。

林薇惊呼哪有这么夸张，心里想的是我明明就是一只灰头土脸的丑小鸭。

而万崇眼神笃定地告诉她，我眼中的你就是这样的。

因为他这句话，林薇决定在他面前继续做一只伪装成天鹅的丑小鸭。

就在林薇以为自己的抑郁症即将痊愈时，她用来参加比赛的创意作品被同宿舍的女生抄袭。她再次发病，适才意识到这段时间相安无事的平静不过是自己被这份假象蒙蔽了，她依然是那个负面消极的骗子。

之所以会发生这样的事情，林薇觉得还是该怪自己心太大，对身边的朋友包括室友不设防。她过去不是这样的人，天之骄女的滤镜让身边的朋友和同学不自主地对她保持着距离，她待人好相处，不会以娇气挑剔的形象示人，但实则心里是有傲气的，过于早熟且清醒的思维模式让她很少向朋友同学表达有关人生和学业等重要问题的规划和方案，日常生活中聊得更多的是一些无伤大雅稳妥不出错的轻松话题。那些比较重要正式的事，她一般会找老爸聊，听听他的意见，顺便找找认同感。

但是随着她家里出事，又一次经历转学生活成了寄人篱下的她性格发生了可以说是微妙也可以说是很关键的改变。她迫切地需要紧密的社交关系来维持自己的安全感，做决定也喜欢跟人分享、讨论寻求思想上一致的同伴来获得认同感。她从老爸身上倒是学过很多为人处世的方法，也懂得人性的脆弱，可如今孤独的她短暂地遗忘掉这些经验之谈，低估了这个年纪的人心中的恶。

归根结底，她这次被抄袭，自己难辞其咎。

林薇想明白这点是很久以后的事了。那段时间，适逢林诚衷的忌日，林薇情绪本就脆弱多思，这事一发生，她便更加焦虑了。看着低头不见抬头见的抄袭者不知悔改的模样，林薇少了反击的果敢，被身体和精神的双重疼痛控制，生不如死。

为了不深陷泥沼，林薇以最快的速度搬出了学生宿舍，和那位抄袭她的室友的矛盾越演越烈，影响渗透到生活的方方面面，所以她在校外租了一处小公寓。因为搬得太着急，没有富裕的时间好好挑一挑对比一下各个房源，因此租下的这处性价比不是很高。之所以选择这间,只是因为林薇要租房子的时候,它恰好出现而已,要说有多喜欢,那没有。所以,这件事在无意识中也成了压垮林薇的稻草。当她被解救稍微能喘口气的时候,看到这间又贵又小的公寓,再想到自己只有出账没有入账的银行卡余额,不可控地想到自己没有家人、没有后路、没有任何依靠的人生,高三那年笼罩在她身上的阴郁情绪瞬间卷土重来,整个人像是溺水般没有办法呼吸,林薇觉得自己病得更重了。

万崇的存在如方圆百里唯一的一块可以让她歇脚喘息的浮木,她紧紧地抱着,不敢撒手,生怕自己一不小心再陷入万劫不复,见不到青天白日。

与此同时,她又羞于跟万崇说自己自私又卑劣的心思。

所以此刻的林薇即便性命无忧,短暂安全,仍过得十分煎熬。

老话说胃是情绪器官,的确不例外,林薇一病起来胃口便不好,本就窈窕的身形越发纤细。

那段时间,万崇寸步不离地陪着林薇。某天见她站在厨房的操作台前盯着置刀架上放着的菜刀发呆时,他整个人吓了一跳,同时又怕刺激到她,故作镇定地把人从厨房拽走,挑了一部电影让她坐在沙发上看。等她不再注意厨房这边的时候,万崇才过去把菜刀、水果刀一类锋利能划伤人的工具收起来。

等万崇回到她身边,林薇才慢吞吞地朝他偏了偏头,说:"我没想自残,我只是在思考,能吃点什么。觉得自己该吃东西了,但又不饿,想不到自己想吃什么。"

林薇的坦荡反倒让万崇觉得自己过于草木皆兵。

"看完这部电影,出去走走怎么样?看看有什么想吃的,买回来我给你做。"万崇建议道。

林薇轻声应了句"好",没说自己此刻大脑陷入了没有东西产出也接收不到任何信息的阶段。正播放的这部电影讲了什么,她并不能看到心里去。

她能感受到万崇这段时间很累,每时每刻都陪着她,时间和生活节奏完全跟她绑定了,也就只有她睡着后,万崇才能有片刻的喘息时间。收拾收拾房间,发一会儿呆,然后处理白天落下的课业。偏偏林薇那段时间睡眠质量特别差,一天最多睡四个小时,稍有一点声音便容易醒,所以万崇活动的动作很轻。有时林薇睡醒了不叫他,借着只开了一盏台灯的光亮看着万崇专注忙碌的侧脸,心疼得不行,但自己除了背过身去流泪,什么也做不了。连让他知道自己睡醒了都不想,因为这样,他肯定会停下手上的工作,忙着照顾她。陪她说话、散心、给她准备水果、餐食等，她像是一个麻烦，一靠近就有忙不完的琐碎任务。

因为这样，她尽量少地跟万崇倾诉自己糟糕的状态和情绪。

工作日的超市依旧热闹，广播里不间断地播放着流行歌曲和打折促销的活动通知，林薇如同一个社交恐惧症患者，极其害怕在公共场合遇到熟人。林薇害怕他们好奇八卦的眼神指责着她的脆弱和不堪，明明她没有，她不是，但过去自信骄傲的林薇早已不在，如今的林薇变得敏感，如履薄冰、狼狈不堪。

万崇表现得则旁若无人很多。

万崇专心地根据林薇的喜好和口味挑选着商品，不知道是他太过了解林薇了还是别的什么原因，不管他拿什么问"要不要吃这个"，林薇永远是点头，说可以。不知不觉，他推着的购物车里便摞起了小山，两人满载而归。

那个阶段的万崇不是很会做饭，过去在家里，君子远庖厨，父母让他专心学习和自己的事，不必操心吃喝，也就高三那年万父住院的时候，万母一个人忙不过来，万崇学着煲了几回汤。所以说起来，他比较擅长的也就是煲汤了。

万崇煲了一锅黑豆猪骨汤，撇去浮油，煮得还算清淡，有通利肠胃、滋补养血、安神的作用。林薇喝了小半碗，说汤煮得很好喝，但是她已经饱了，喝不下了。万崇没逼她非要喝多少，只是心疼她自己正难受着，吃不下东西更没有精神，如此恶性循环，什么时候是个头，得想个法子才行。

办法不是那么容易想的，万崇在不影响林薇情绪的情况下润物细无声地做着各种尝试。

除了吃，睡也很重要。起初林薇自己搬出来住时，万崇只是和她连着语音，等她睡了再挂，有时她睡了，语音通话也不挂断，就这么一直连一整晚。林薇醒来，不知道万崇是睡醒了还是没睡，只要她一有声音，万崇就会立刻回应。

万崇正式住进这个租来的小公寓，是在一个停电的夜晚。两人连着语音通话，林薇打算起身去看看电闸及邻居家是什么情况时，被万崇制止。万崇怕她发生磕碰或者其他更危险的事。于是林薇就坐在漆黑得伸手不见五指的房间里等待，外面很快传来敲门声和万崇叫她的声音。

林薇开了门，有些窘迫地说："我没注意小区群里的通知，今晚线路维修，要停一整晚。"

万崇一身冷意从外面进来，高大的身影像是一堵墙，需要林薇仰头，努力借着月光才能看清他俊朗的五官。

从那晚开始，万崇每天过来公寓的时间越来越长，后来在林薇的央求和暗示下，彻底住进来。的确是暗示，有天傍晚，万崇帮林薇打扫完公寓的卫生准备离开时，被林薇拉住手堵住出门的去路。她也不说话，就如小狗一样可怜巴巴地望着他。

"有什么事忘了？"

林薇咬着唇，说："看了一部恐怖电影，有点害怕。"

万崇："那我再陪你待一会儿。"

林薇再次出声，小心翼翼的："可以待一整晚吗？我想一睁眼就看到你。"

万崇没说话，沉默了很久很久。之前不是没留宿过，大多是睡在沙发上。所以万崇答应了，开始整日整夜地陪着她。

林薇睡前有他，睡醒还能第一时间见到他，心安了不少。与此同时，越发密切的毫无隐私可言的接触让万崇很快发现了林薇用维生素和钙片的包装瓶打掩护的药，真正地意识到林薇在生病，不止现在，是从高三那年开始的。

林薇已经做好了他会嫌弃并远离的准备，甚至认为自己或许可以试一试解释、挽留他，哪怕在他面前放低姿态也没关系，毕竟他对自己是那般重要。

但万崇没有生气，没有丝毫的介意。他听林薇简略地吐露自己的不堪后，只是紧紧地抱着她，表现得比她还要难过。他说没想到她过得这么辛苦，如果早一点发现，他一定要找到她，陪着她。

然后万崇真的做到了，接下来的一年、两年，很多年，他一直陪在林薇身边，陪她面对、解决一切困难。

如果故事停留在这里就好了。

一毕业林薇和万崇便同居了。毕业季，租房环境紧俏，价格小幅度增长，他们找了好久才定下一个满意的一室一厅的小房子。他们两人不在一个地方，甚至都不在一个行业工作，万崇在校招时进了一家汽车公司，林薇则通过学姐的引荐，去了一家传媒公司做运营。房子租在临近传媒公司的地方，万崇对林薇的照顾总是无形的。

他们一起逛家具市场，淘打折的家具装饰不知道出租过几手的小户型住处。墙壁不能有破坏，林薇手笨，无痕钉怎么也装不好，最后还是万崇来。他们有空就一起逛超市，虽说工作后有了薪水进账，但日子过得比大学时还要拮据，那个花钱大手大脚从不考虑性价比的林薇，摇身一变，熟练地对比着折扣、买大包装还是小包装更优惠。从超市回家的路上，万崇会承担更多的重量，林薇象征性地拿一两样体积大重量轻的，有时候也不拿，挽着万崇的小臂天南海北地说着话，关于过去的、现在的，也关于未来的。

林薇在父亲走后，久违地体验到了家的感觉，这是万崇带给她的。

那时的林薇总不吝啬地加重对未来的期待，甚至是幻想。

她和万崇一定会结婚，然后生养一两个孩子，会从小户型出租屋换到他们购置的房产里，事业上会升职加薪，变成独当一面、雷厉风行的白领。他们可能会换个城市生活，厦门距离晴荷太远，虽然如今交通发达，但万崇回去探望父母一来一回还是太奔波了，工作后时间很难完全由自己支配。她又想最好不要搬回晴荷，一是晴荷作为三线小城市，就业选择有限，他们很难找到不错的对口工作，而且林薇有私心……她不太想回晴荷。

林薇想了很多，但很快，她知道自己多此一举了。

因为……离开校园的时间久了，恋爱这件事好像被去掉了一层朦胧浪漫的滤镜，变成了残酷、丑陋的现实。

那些被象牙塔和家庭父母荫蔽出来的生存环境消失后，生活需要他们两个人独立地承担。问题百出的出租房和贪心独断的房东，虚伪使坏的职场前辈和微薄可怜的薪水，无数日常琐事消磨着爱情滋生出的甜蜜，直至甜蜜清零。

工作中积攒的怨气和挫败没能及时得到舒缓，林薇旧病复发，控制不住自己的情绪。而万崇同样不轻松，他想要给林薇提供更舒适的生活，所以承担了更多的压力，他比以往任何时候都要迫切地想要出人头地，但目前的能力实现不了自己的欲望，因此他也开始频繁地焦虑。

他原本在林薇面前便是自卑的、被动的，如今，更不敢露怯发牢骚。他坚强地独自承担着，因精力不足，缺失了对林薇情绪微妙变化的捕捉。等他意识到时，已经到了不可挽回的地步，等待他的只有一次接一次的错过。

万崇从是治愈林薇的续命良方，到起不到任何作用，甚至起到反作用。他说什么、做什么，都只会让林薇感到烦躁。

他们约会的次数越来越少，冷战的时候越来越多。

万崇觉得如果自己再不做点什么，他们便得分开。所以他提出过年的时候带她回家见父母，意思是把两人的事正式跟家里定下来。

林薇却拒绝了。

她不想，不是不想和万崇结婚。如果她要选择一个人组成家庭，共度余生的话，那个人一定会是万崇。这是林薇从很多年前便认准的事情。

曾经深刻烙印在心上的誓言冲淡了近段时间的失望和怒气，疏远和冷战不攻自破，他们回到了两人一条心，有力一处使的状态。毕竟他们在一起多年，是那般深爱着对方。

可林薇还是不想答应回晴荷。

"为什么？"万崇语气平静，但眼神凝重审视，是对自己的检讨，也是对她的质问。

他还有哪里做得不够好吗？

林薇反问万崇："你真的喜欢我吗？"

或者说，他会喜欢真实的她吗？

林薇又一次想到，万崇说他眼中的自己是一只耀眼的天鹅。可自己是吗？不是，林薇可以斩钉截铁地回答。

她以虚假的面目谋取万崇的爱，本是不配的，更遑论跟他回家见父母了。

就像过去很多选择没有结果，最终被时间长河湮没、遗忘一般，这个问题被搁置。他们继续生活，继续工作，粉饰太平地保持着相安无事的状态，多年来的默契让他们不费吹灰之力地和谐相处。

你看，只要想把日子过好，那就可以没有争端。林薇却因此厌恶自己，她不想演戏，也不想看别人演戏，她想要真实，想要真心实意地被看重。

在要不要一起回晴荷过年这个问题有答案前，他们分手了。

是林薇提的。

那天从兼职的晚会回家后，林薇便开始收拾行李，同时说："我们分开一段时间吧，彼此冷静一下。"

万崇问:"一定要这样吗?"

林薇回答:"我不想每天睁眼,想的是昨天怎么又吵架了,今天还会不会吵架。我想过几天清静的日子。"

万崇沉默,许久后,才说:"你不用收拾,我搬走。"

后来是怎么和好的呢?

林薇觉得自己卑劣极了。拿到诊断报告之后,她没有立刻理解到底是什么样的噩耗发生在自己身上。直到她魂不守舍地从医院出来,往地铁站走时被迎面来的路人撞到,才恢复了些神志。在路人道歉和关心的询问中,林薇看清了周遭嘈杂流动的人群和高耸繁华的城市建筑,她从没有哪一刻,像当下这般孤独。

得知林诚衷的死讯时,没有。

在亲戚家寄人篱下各种不适应时,没有。

和万崇争吵严重到要分开时,也没有。

过去,她心理疾病情况严重时,也冒出过一了百了算了的念头,可转念她又会被美食、美景,或者万崇的存在,悬崖勒马地拽回来。她不是不敢,而是不想。她迫切地想要爱,很多很多的爱,她可以拥有很多很多的爱,凭自己的努力。

可如今,生死已经不是她能够控制的。

林薇拿出手机,想给万崇打个电话,听听他的声音,然后告诉他自己得了绝症。

绝症,好搞笑的桥段啊。

林薇最终还是没有拨出这通电话。

她回到只有她一个人的出租屋,颓废地睡了一觉,醒来后,预约了另一家医院重新做检查。

结果还是一样的。

林薇不死心地又换了一家医院,甚至想厦门的医疗水平不如北京,要不她飞一趟北京吧。但林薇的心理支撑力已经不足以让她这样做。那天她在厦门又一家三甲医院登记信息写到个人联系方式时,笔尖一顿,写了万崇的。

距离他们吵架,已经过去了一周时间。

其间万崇为出租屋缴纳水电费、转达邻居提醒她把钥匙落在门锁上的事,等等,依旧像往常一样照顾着她,仿佛他的离开只是出了一趟归期不定的差。

林薇不知道自己是发自真心地冷静了,还是被另一盆冷水物理降温。

医院联系"错"了人,万崇因此得知林薇生病的事。

他主动打来电话,急切地询问她的状况,得知她在医院后,立刻撇下工作的事,赶了过来。

林薇害怕又崩溃,坐在医院的休息椅上,看到万崇出现的瞬间，本以为心里坦然地接受了确诊淋巴瘤晚期这件事，可泪水不受控制地溢满眼眶，决堤般奔涌出来。

她被跪在自己面前的万崇紧紧地抱在怀里，哭号着根本顾不上体面和形象。

医院的墙见证了太多的悲伤和依恋，他们不过是芸芸众生中平凡的一对。

万崇牵着她的手，带她回到出租屋。

林薇在拿钥匙开门前，偏头望了万崇一眼，要确认他是不是真的回来了。万崇显然误会了她的意思，询问："我能进去吗？有东西落在这里了。"

林薇适才意识到他们还在分手阶段，吵架的后遗症被她忽略，但的确存在。她咬咬唇，"哦"了声，开门。

进屋后，林薇垂着眼，收拾这些天被自己弄得凌乱的房间，只吃了几口的外卖、随便乱丢的化妆品和衣服、地毯上没有及时清理的掉发，还有倒在一旁没心情摆正的垃圾桶。她没有看他，问："你落了什么东西，自己找吧。多的话最下面那个抽屉里有手提袋。"

林薇正说着，手臂两侧一紧，后背上贴来一具滚烫的颤抖着的身体。万崇从后面抱着她，低着头，脸埋在她脖颈侧面，带着热意的呼吸灼烧着她那里敏感的皮肤，连带着传递了悲伤和泪意。

"我把你忘了。小薇,这段时间我好想你。"万崇说。

于是,他们和好了。

万崇搬了回来。但林薇很快在看不到希望的治疗过程中,后悔了这个决定。有天深夜,她躺在床上盯着窗帘和墙壁缝隙中漏进来的月光,对同样睡不着的万崇呢喃了一句:"要不我们还是分开吧,我想离开厦门了。"

她想去一个没有人认识的城市,是开启新的生活也好,是坠入绝望备受煎熬也罢,她不想看万崇为自己揪心难过。

"万崇,我不要你可怜我。"她说。

万崇是林薇与这个世界唯一的联系。

在和万崇确认关系之前,林薇是不畏惧死亡的,甚至觉得,死去了,也没人会在意。就算长命百岁又如何,这辈子漂泊无依,不知所终。

但一旦拥有,怎么舍得失去呢?

林薇是一个很矛盾的人,她讨厌那个阶段的自己。因为万崇给了她太多太多的包容,根据她的身体状态改变了自己的生活。

林薇那段时间情绪很不稳定,一会儿想要,一会儿不要,别说万崇了,连林薇自己都不知道自己到底该怎么样。比如万崇挑了一个假期要回晴荷，但那几天有一个专家讲座，时间冲突。万崇回去，林薇不开心；万崇不回去，林薇也不开心。而万崇情绪稳定到让林薇生气，林薇觉得他是在可怜自己。

就像吃药，有了抗性，万崇的陪伴、拥抱、安慰都失效了一般。

但他们又找不到新的相处方式。

这一系列负面情绪真正发泄出来，是在咚咚去世后。

咚咚是他俩在小区里捡的一只流浪猫，两个月大。刚捡到的时候，它瘦瘦巴巴蜷起来还没万崇手掌大，带回家养了半个多月，因为猫传腹器官衰竭去世了。那天他们把咚咚送去宠物医院救治，然后两手空空地回来。林薇蹲在阳台上整理它的猫砂盆和猫粮碗时，一声不吭，角落里还有几个没拆封的快递是给咚咚买的玩具，现在都用不上了。

万崇从卫生间出来时，正听见蹲在阳台上的林薇泣不成声。

这段时间她生病，本来就瘦，哭得肩膀直抖，令人心疼不已。万崇过去，把她从地上抱到沙发上坐好，温声开解："不哭了。"

林薇现在正是脆弱的时候，身上压的各种压力，借着这件事，全部发泄出来。别人越安慰，她越不知所措，因此哭得越发狠。

万崇起初还安慰，后来也不说话了，只是陪着她，等她哭够了，才小心地帮她把哭花的脸擦干净。

和林薇大学期间那次抑郁症发病不同，现阶段的两人明明更相爱了，可琐碎的生活中充满了疲惫，彼此都很累。比起花里胡哨的承诺和保证，"能做什么"显得更加重要。

可能做什么呢？万崇不知道。

天天花样百出地赶他走的阶段过去后，林薇开始进入新的阶段。她开始怀疑万崇是否早已厌弃自己，只是碍于道德不能抛弃自己这个"糟糠之妻"，怀疑他对自己的忠诚。每当万崇在非工作时间的外出活动，都会接到林薇患得患失的查岗电话，有时她也不打电话、不发信息催促，只是一个人孤零零地坐在不开电视、不开照明灯的客厅里仿佛睡着了一样睁着眼等万崇回来。如果他解释自己没回来的原因，那她就反驳质问；如果万崇觉得无伤大雅没必要解释，那她就逼问他是不是心虚。总之，林薇有千千万万的立场和话等待着他。

万崇生气、恼怒，在循环往复的恶性循环中逐渐失去耐心。可当他看到林薇日渐消瘦的模样时，丁点儿怨气也说不出。怪他自己，没有给足林薇安全感。林薇的患得患失已经严重到万崇这般没有反抗和不甘的态度偶尔也会让林薇气愤，林薇会觉得他这属于冷暴力，所以偶尔万崇也会借着吵架的机会实打实地在不伤害到林薇的前提下发泄一下。

有一次，两人就老生常谈的话题又产生了争吵。林薇恍如失忆一般说万崇如果厌烦了离开就好，不要因为可怜留下来，两个人都难受；万崇则提醒林薇不要小题大做，没事找事。

比起往常，那天他们吵得算不上激烈，只不过因为吵了太多次，两人都没有新颖的观点和词汇了，也可以说是吵出了默契，以至于争论到最后相顾无言的沉默显得有些互不搭理的疏远。

万崇临时接了个电话得出门，以为林薇在卧室里睡着了便没去打扰，想着只是出去一小会儿，连便笺都没留。林薇没睡，在卧室里冷静了会儿，走出了思维的牛角尖，也就不生气了，心里只有自己无理取闹后的愧疚和歉意。可她从卧室出来没看到万崇，等了五分钟、十分钟、三十分钟，万崇还没有回来，于是林薇便开始慌了。她以为万崇这次真的被自己成功赶走了，内心的愧疚和自责被放大到极致。

万崇回来得还算快，以为林薇一睡至少要睡两个小时，自己在她睡醒前赶回去就好。谁知万崇到家轻手轻脚地开门换鞋时，林薇闻声从客厅过来，她已经醒了。

万崇嘴角微动，想解释自己出去做什么了，没等开口，自己就被林薇从身后抱住。

"对不起，我没有真的想赶你走。阿崇，你骂我吧，我真的不能没有你，我以为你再也不会回来了。"把脸埋在他后背里的人声音哽咽，同时伴随着隐隐的啜泣声。

"我没有，下楼给同事送了个文件。想着晚上给你煲个汤喝，所以又去了趟超市。以为你在睡觉，就没发消息吵你。"万崇事无巨细地温声解释。

林薇把唇瓣咬出了血色，手臂收得很紧，怕他真的离开似的。

"我也跟你道歉，下次下楼丢垃圾都记得跟你说一声。"万崇哄她，语气里带着缓解气氛的玩笑意味。

林薇吸了吸鼻子，说："倒不用这么小心，我理解的。就是刚刚情绪上来了，又想不开了，害怕你真的离开我。"

"不会的。"万崇摸了摸她被汗水打湿的头发。

大学毕业后，林薇和万崇在厦门待了三年。

第一年，他们解锁同居生活，甜蜜，也疲惫。这场未知的冒险中，没等他们学会做一个成功的闯关者，命运便再次跟她开起玩笑。

所以在厦门的第二年，他们从朋友、同学眼中登对的恋人，变成了拖累和大冤种的组合。他们的所有收入都用来看病治病，准确地说，是万崇工作的薪水。林薇的工作现阶段的回馈率是很低的，好在林诚衷给她留下的几套房子拥有不错的市值，她把几处自己连地址都记不住的房产卖掉，只留下北京的那套老房子——她在北京住过最长时间的，透过生锈的防盗窗看出去有一棵茂盛的白玉兰树，每年三月，玉兰花开得特别美。林薇已经很多年没见过这样的场景了，不知道日后还有没有机会再见。

不是没有富家千金追求万崇，但万崇拒绝了。林薇也遇到过搭讪，她盯着那人看，说："我得了绝症你愿意为我掏钱治病吗？"那人说："你有病。"林薇于是就笑，说："我就是有病啊。"

这是没有希望的一年。

所以第三年的时候，他们过得非常痛苦。大多数时候是林薇单方面地发泄着糟糕情绪，万崇很少有崩溃的时候，但不是没有，是人都会愤怒，万崇也不例外。林薇在低迷了很长一段时间后，终于打起精神调整自己的生活状态。那天，她心血来潮地打扫起房间，岂料意外把万崇搁在书桌上的装着重要文件的U盘丢掉了。那晚，厦门降温，两人追着垃圾车去垃圾站翻了一整晚，这仿佛大海捞针的寻找方式最终停止在万崇的暴躁中。

"你先回家行吗？"在林薇又一次对他叫她回家的安排不为所动时，万崇停下手上翻垃圾的动作，神色凝重地注视着林薇，因为耐心消失，语气里多了些烦躁。

林薇脚上还穿着家居拖鞋，没有袜子包裹的脚跟被冻得有些泛红。她的鼻尖也红，眼眶也是红色的，眼底是浓重的焦急和愧疚。

她嘴角动了又动，最终平静地说："我想陪着你。"

万崇叹气，很沉重地深呼吸。林薇仿佛在他身上看到了这两年来他没有说出口的压力，而今这种压力同样落在林薇身上。

林薇人生经历过重大的波折，体验过无措迷茫看不到希望的滋味。她虽然没办法对万崇的心情感同身受，但换位思考，她知道做自己的男朋友肯定不是一件轻松的事。

哪怕万崇此刻在解释，陈述事实一般的语气："你在这里会分散我的注意力，我真的没精力照顾你了。"

林薇听到后仍觉得冰冷。她固执地以自己的方式理解这句话，暂时性地忘记了这三年间乃至在一起的这七年来，他们曾是多么甜蜜幸福，从不缺同甘共苦的默契和魄力。

"我不用你照顾。"林薇重复了两遍，才继续说，"你可以不用照顾我，以后都不用照顾我。"

万崇这会儿才从翻垃圾的烦躁中回过神，意识到刚刚自己的态度凶了些。他张嘴，打算亡羊补牢地解释几句，但这天实在是太冷了，林薇再待下去估计要生病。

万崇最终只说了句"你不想回去的话，帮我举着点灯"，加快找东西的节奏，这个小插曲才告一段落。

从垃圾站回来时，天空有些飘雨，两个人的肩膀和头发都湿了，万崇一到家便进了卫生间。林薇脱掉在室外踩脏的家居拖鞋，赤着脚站在玄关和客厅连接处，盯着半掩的卫生间门，大脑空白，心里格外安静。但这并不是一种舒服的状态，她的思维能力卡顿般，没有办法处理任何信息。

她就这么站着，好像过去了很久，但事实上，时间只是流逝了万崇去卫生间找一条干毛巾的工夫。

万崇自己脸上挂着的水珠都顾不上擦，拿着毛巾出来先帮林薇收拾。

万崇看过来时注意到她赤着的脚，走近后把自己的拖鞋脱下来给她："先穿我的。"

林薇哑着嗓子，用鼻音应了声，听话地把鞋子穿好。男士的鞋码比她的大得多，她穿上跟踩着两条船似的。

万崇垂着眼，认真地帮她擦着头发和脖子上的水。棉质的干毛巾比皮肤要硬，蹭到她眼尾的皮肤时，林薇睫毛颤了下，

抬眸看他。

"去洗个热水澡，换身干净的衣服。刚刚是我语气冲了，我从没觉得你是累赘。"

万崇心里的确没有责备林薇，他想得更多的是既然文件重要那自己为什么不备份，过去他一直有这个习惯的，怎么偏偏这次忘记了呢？

但解释得越多，显得越心虚。万崇克制着自己的表达方式，在心里狠狠地给自己敲下警钟，以后不准再这样了。

太伤人了。

真的。

林薇可能信了，也可能没信，连她自己都不知道到底信没信。她只是笑着，轻描淡写地说："没事。"

也是这一年，林薇见到了万崇的父母。

这是一次不愉快的见面，因为很少有父母能接受自己孩子的对象是个绝症患者。但万崇父母是很善良的人，给她留足了颜面，询问她的家庭情况和生活起居。他们的每一次沉默和对视，在林薇看来，有对她的同情和心疼，也有对万崇这个选择或包容或自私的看法。

万崇父母的真实态度，很快体现出来，他们开始给万崇安排相亲对象。这是第四年的事。

寻医问诊这么久，厦门各大医院都跑遍了，上海、北京的医院也没少去，听说有淋巴瘤这方面的专家在那里坐诊，万崇总是第一时间带林薇去，不厌其烦地寻找着一线生机。

毫无例外，每一次反馈给他的都是失望。

万崇不死心，在这一年决定和林薇搬去北京，想着首都有着国内最好的医疗资源，机会更多。而他在哪里工作都可以，比起生死，任何事都是小事。

林薇也认同这句话，所以那天她无意间看到万崇和万母的聊天对话框，得知万母给他发了适龄女生的照片安排他相亲时，情绪并没有很激动。

她装作不知情，平静地收回了视线，连问都没有问。

林薇如常地做着自己的事情，万崇在修复着她跟他爸妈的关系，甚至带她回家过年。

春节的时候，林薇跟着万崇一起回了晴荷。林薇对晴荷的印象不好，因为她人生中重要的一次转折便发生在这里，那是惨痛而无奈的。而这次回晴荷，林薇像是被诅咒了一般，依旧是倒霉的。

万崇父母对于她的出现感到意外又生气，不再戴着在厦门见到她时客客气气有教养的假面，可能这里是他们熟悉的地盘，所以说话做事更有底气些。他们直白的冷落和尖锐的语言，让林薇更明确地意识到自己在这个环境里就是一个外人,不论万崇如何在两方之间说和,依然填补不了林薇心里空缺的归属感,以及林薇被万崇父母从家里赶出来的事实。

林薇对晴荷是熟悉的,曾经在这里生活了半年多的时间,不算长,但足够让她再踏足这片土地时少了些彷徨。可也是陌生的,眼前的这条街道、远处新起的高楼、来来往往朝她投来好奇八卦目光的居民,都是陌生的。

但此刻的林薇很平静,她从小不惧怕别人投在自己身上羡慕的、嫉妒的目光,哦,有段时间怕过,就是她高三下学期转学后的那半年,她那时候大概患上了被害妄想症,感觉谁看她都不怀好意、图谋不轨,她在胆怯和惶恐中苟延残喘地度过了那半年,直到万崇的出现拯救她逃离苦海。而生病之后,准确地说是查出淋巴瘤后,她皮肤白得像吸血鬼,毫无血色的惨白,因为化疗头发开始狂掉,到最后直接剃成了光头。身体、发肤的改变影响了她的心境,她觉得自己像个异类,不断有人朝她有意无意地投来目光,好在她学会了自洽,不再惧怕,或者说伪装成不再惧怕的模样,以此来获得体面。

余光注意到万崇追出来,林薇依旧没吭声,等人走近停步后,才说:"你不要为难,我去住酒店。"

万崇喉咙哽着。他宁愿林薇跟自己吵架,比如大声呵斥他:

"我说了不来不来,你为什么非要叫我来?看到我被你的家人嫌弃要证明什么?证明我有多讨人嫌吗?他们不是让你去相亲吗?你去啊,我都不拦着你了,你去吧!去找你自己的生活,不要跟我这个病秧子耗。"

明明过去的她,是那么惹人注目且受欢迎。

青春像是一座你知道它存在,却永远抵达不了的城。那是一座盛放了无尽爱意的城市,是一座井然有序、繁华热闹、拥有难得的自由且纯粹的城市,他们都回不去了,而前途太坎坷,他们如履薄冰、战战兢兢。

那天,万崇把林薇送去附近的酒店,把人安抚好后,回去处理家里的事。

万崇走了没一会儿,躺在床上假寐的林薇睁开眼睛,发了会儿呆,然后起来出门。她百无聊赖地在街上逛了会儿,北方的冬天寒冷肃杀,她久不回北方,都快忘记这里的体感温度了,穿得有些少,从酒店出来时戴一条围巾就好了。

林薇在回酒店拿围巾和继续瞎逛之间选择了后者。也不算是瞎逛,她去了以前在晴荷住过的小区,看着这里早已换了住户,是一家和睦温馨的三代同堂,小院里栽种了漂亮的花花草草。以前林薇看着这个宽敞的篱笆小院也想种点花,但因为林诚衷忙工作,她忙学习,家里的阿姨对这些东西没那么擅长,所以小院一直空荡荡的，没有这番生机。她还回了学校，走在熟悉的街道上，看着熟悉的建筑，明明换了一批又一批的学生，可看着他们身着同款校服的模样，林薇总觉得，十七八岁的万崇和十七八岁的自己好像也在其中一样。

和万崇想要跟她结婚甚至想要办一场婚礼的打算不同，林薇已经开始给自己的存在做减法。

她想到很久以后，或许用不了很久，当自己病逝了，那自己的这些衣服、藏书，以及一些生活琐碎的用品，甚至是使用过的电子产品里面的私人文件会何去何从。她不希望万崇留着，睹物思人，徒增伤感，也不想被人潦草地丢掉。所以，她决定自己处理。

其实想想，知道自己在不久的将来要死去，便可以提前着手准备这件事，总好过生命戛然而止，连个和自己和朋友好好告别的机会都没有。

林薇苦中作乐地如是想。

但东西实在是太多了，因为自己的身体状况，转卖的话，有些买家忌讳这个，认为不吉利，所以她放弃了这条路。那就丢掉吧，搬家的时候丢一点，换季的时候丢一点，在厦门丢一点，在北京丢一点，她终归会消失在这些城市。

林薇本以为这个过程是失落的,有着类似凌迟的残忍。

但事实上,林薇乐在其中,仿佛重新活了一次。

爸爸在的时候,爸爸离开之后。

有万崇的日子,知道要离开万崇的日子。

她的人生短暂而漫长,岁月待她残酷又温柔,乐有多美好,痛便有多刻骨。

因为美,令人不舍啊!

// 第六章

所以生命啊，它苦涩如歌

我策划了他的婚礼

北京是一座包容性很强的城市,这里遍地是金子,但它本身便是金碧辉煌的。所以这里遍地生机,充满希望,同样现实残酷,毫不留情。

我在北京上学四年,工作四年,将近三分之一的人生消耗在这座城市,仍未与其建立起丝毫的羁绊。

我在这里有住处,但没房产;有朋友,也没朋友;有生活,也没生活;有未来,也没未来。

那天从医院离开后,我试着再给尹珉机会,准确地说,是给了自己一次机会。

在我不知道明天和意外哪个先到来的当下，及时行乐，何尝不是一种犒赏自己的方式呢？

尹珉说爱情不是他的全部，他也不会为了爱情付出全部。

我就是了吗？回想过去结束的几段感情，我每每都是以及时止损、自我保护的理由，吝啬地爱着。

或许，我跟尹珉是相配的。

我在和尹珉的相处中，遗忘掉万崇和林薇。当我以为他们就这样在我的生活中失去消息时，某个工作日，助理小敏给我带来了一个消息。

小敏说："青姐，你知道吗？你的那两个老同学，万崇和林薇希望公司继续帮他们策划婚礼，但要求是更换负责人。"

也就是，更换掉我。

也是那天，我从小敏的朋友圈看到了林薇屏蔽掉我后发的一系列动态——她给自己列了一张遗愿清单，每天都在很积极地取悦自己。

我为林薇的改变感到高兴，同时也心情复杂，以为她还在气愤我给她带来的困扰和误会，深感歉意和自责。

公司为万崇和林薇新换的负责人来问我这对新人什么情况，说接不接看我的意思。项目资源跟绩效挂钩，没有人会拒绝送上门的生意。我让他想接就接，还说万崇和林薇是两个很好的人，再具体的，我便没有提，并且很大方地把自己之前做的准备工作整理成一个文件包发给他做参考。

说起来也是有缘，万崇和林薇最终确定的婚礼日期跟我手上一个项目的日子定在同一天，都是在10月，秋天。

又过了一段时间，当我得知万崇和林薇挑中的司仪老师跟我这边新人的撞了时，我补偿性地给自己的新人替换了更高价位的司仪，再一次把资源让出去。

我手上项目的进度有条不紊地推进着，而万崇和林薇那边也没有出意外，我便知道，这一次，他们协商一致，是真的要办一场婚礼。

我没主动打听，但同事有时会说起有关他们的事。

那天在茶水间，同事端着咖啡过来跟我闲聊："你这两个老同学挺奇怪的。"

"怎么？"

"我原本以为他们是不喜欢你的策划风格，或者你们合作过程中有什么不愉快的事，闹了矛盾。所以这次你让司仪那事，我委婉地跟你那个姓林的同学提了一句，本想着让她知道你在背后做的让步，让她记你的好，缓和一下关系。但我看她那意思，不像是对你有意见，还主动跟我确认，临时更换负责人在公司内部会不会对你有什么影响，说不希望你因此受连累。你不觉得挺有意思吗？不懂她为什么换人。"

我垂眼，注视着百叶窗外的城市建筑，模棱两可地说："大概是不想让老同学看到自己的难堪吧。"

同事喝了一口水，不知想到什么，突然叹道："我新招的那个小助理为这场婚礼一个星期哭了八回。"

"压力大？"我状况外地问。

"不是压力。"同事平日里是个大大咧咧的男人，对感情虽不是游戏人间的性格，但也没细腻敏感到这个地步，这次绝对是例外了，"不光她，这个婚礼策划得我都快抑郁了。怎么会有这么苦的人呢？在一段感情中生死不弃这种土掉渣的话，竟然有人可以做到，真是美好又难得。"

我何尝不是这样认为。

我开始迫切地需要爱，明知这很难，但不计前嫌地埋头寻找着。

我和尹珉发展得还算顺利。成年人的世界一段亲密关系建立时的告白总是千变万化，不止局限于"我们在一起吧""你愿意做我女朋友吗"诸如此类。毕竟"今晚月色真美"在被夏目漱石用来表达"我爱你"之前，不过是一句寻常的形容景色的话。而熟男熟女热烈又含蓄，传情达意的方式有太多太多，为彼此留足了浪漫的激情和反悔的余地。

抛开感情的纠缠和上位者的权柄，尹珉是个很不错的引路人。数年的阅历差让他总能四两拨千斤地解答我天马行空的疑惑。

那些困扰我的、迷惑我的，在他看来恍如过家家般低级无趣，但他的教养让他很耐心地听我诉说、与我沟通。

"有心事？"这天用餐途中，尹珉捕捉到我走神的状态，问道。

我自知瞒不过去，也愁没人能聊一聊这些话。跟父母聊太沉重的话题担心气氛只会变得更沉重，而闺蜜是典型的事业型女强人，对这种把简单事情复杂化的哲学问题并不感冒，至于其他人，要么关系没熟到那份上，要么话不投机对方说不出个所以然白白浪费时间和情绪。

尹珉的确是个不错的倾诉对象，我因此很痛快地开口道："我最近认识了一个小朋友，是一位绝症患者，他跟我说了一些话，让我觉得自己这二十多年白活了。我最近总忍不住想，如果我一周后会死掉，那我接下来一周有什么很想完成的事吗？"

"想出结果了吗？"

我无奈地摇头,但很快又点头,把手里的刀叉搁下,一副这事可有得聊了的表情,说:"这可就复杂了。我一方面想我还没有好好看看世界,哪怕国内各个城市的省会都没有看几处,上学时要读书,毕业后便工作,每天都很忙,但每天都不知道在忙什么。我这段时间开始记录自己每天完成的事,具体到每个时间点做了什么、做了多久,然后在一天结束时复盘,试图定义这是不是有意义的一天。但意义是什么呢?我刚开始这份工作时,觉得见证别人的人生大事很有意义,但工作久了,觉得这不过就是一份工作而已,我对权力和金钱并没有迫切追逐的欲望,我北漂打工为的好像便是每月获得的薪水。然后我又想,要不辞职吧,把时间留在寻找意义上,做点更想做的事情,可我又想,一周后我都要死了,还这么折腾做什么?我用二十几年都没寻找到的更好的生活方式,难道最后这一周就可以找到吗?所以另一方面,我觉得,既然一周后我会死掉,那我这一周急着找意义的意义在哪里呢?我一定要寻找到点什么价值才可以安心地离开吗?我二十几年都这样好好地过来了,似乎也没什么有特别深的执念要做什么事。"

说到这里,我停顿了一下。因为我想到了万崇,万崇曾经是我迫切追随的人,现在他依然令人敬佩,值得追随,可我不适合那样做了。

人不会踏入同一条河流两次，但我觉得，面对这条叫万崇的河流，自己会踏入无数次，只不过，此时此刻，这是一个在道德层面上不允许的行为。

所以我克制地、浑浑噩噩地逃避着。

尹珉没让气氛冷场太久，接着我的话说："因为你不是真的要在一周后死掉，所以你看不到你最想做的事是什么。人的大脑中有一个部位叫蓝斑核，它连接着调节情感和记忆的区域，据说人死前走马灯的现象便是与此有关。人只有在濒死或者真正接触到死亡的那刻，才会引发大脑的某项活动和感知，脑海中的记忆以第三视角快速跨越人的一生，甚至会记起一些不曾记住的画面。人们会将那一刻的画面定义为自己的遗憾或者最重要的事。可能是年少不得之物，也可能是抱恨分别的人，如果侥幸活下来，那这便是他们穷极剩余时间都去追求的东西。所以，找不到人生的意义，本身就是一件值得庆幸的事，因为重要的不是结果本身，而是这个过程。你不觉得，生活也好，工作也好，因为有一些不愉快的事，才衬得那些愉快的事格外愉快吗？在我看来，根本不需要逃避，让其存在，起一个对照衬托的作用，然后总有一天你会在别处找到意义。"

我认真倾听，随着尹珉的话思考，学着顺其自然，好像懂了，也好像没懂，又好像只是为了不让自己太糊涂假装懂了。

这段时间我有心避着和万崇、林薇见面，正当我开始依赖跟尹珉的相处时光时，岂料今天就这么猝不及防地遇到了。

我和尹珉从餐厅离开时，正遇见在服务生引导下前来就餐的万崇和林薇。

"巧。"万崇先停下步子，跟我打招呼。

万崇手里拎着蛋糕，我突然想起今天是他的生日。高中时，这个时间正值学生放暑假，送礼物什么的不比在校时间方便，虽然我们同班，但暑假里可能都见不到面。当年我为了给他过生日，这天一定会去他家的水果店买东西，千方百计地装作不经意发现今天是他生日，比如他爸妈给他订了蛋糕，比如有同学来送礼物，再不济我会问他一整天都在店里忙吗，然后万崇则说下午会跟同学出去玩。如果他不提自己过生日的事，那我会多问一句"你们放暑假每天都聚啊"，然后万崇才会说今天是他生日，所以特殊一点，我因此顺理成章地跟他说一声"生日快乐"。

我每每为自己的小把戏得逞而得意扬扬，会在拎着水果袋拐过转角后靠在墙上开心好久，好像我说了什么了不得的话一样。

如今回想，我才觉得，那完全是在感动自己。

不过，现在已经不重要了。

八年的缺席，真的很久了，久到我开始怀疑自己当初所谓用情至深的感情。

果然，没有什么是永恒的。

西餐厅的灯光布景讲究，俊男靓女往这儿一站十分养眼。我目光均匀平等地落在他们脸上，笑了笑，最终视线看回万崇时，问："过来吃饭？"

万崇应了声"是"，无意义地回问了一句："你们吃完了？"

察觉到万崇和林薇把目光投向我身侧的尹珉，我没打算介绍，只道："对。"我想说"那我们就先走了，还赶时间"，但话到嘴边，没忍住关心了句，"最近还顺利吗？"

林薇接住我的目光，说："挺好的。"

我喃喃了句："那就好。"

正当我再次抬步，作势离开时，林薇又一次开口："你这段时间没去医院，小猛拜托我转达你，他说自己很喜欢你送的手办。"

手办是那天我离开医院后托快递小哥送去医院的礼物，是小猛很喜欢的动漫角色的周边。

提到共同的话题，我的笑容才放松些，随口问："小猛最近还好吗？"

"他去世了。"林薇说。

什么？我觉得自己耳朵陷入了片刻的失鸣。

我今天还跟尹珉提到的少年，中二热血得让人感到纯真、乐观通透得让我敬佩的少年，就这么再也见不到了？我突然开始后悔，这段时间为什么要赌气没去医院，或许我们可以有一个完整的告别。

很长时间过去，我都会想起那天林薇的神情。那是一种黯然又平静的光，前者是为了少年人的离世惋惜和悲痛，后者是坦然地接受自己也将死去的事。

我突然明白，她接受这场婚礼，从某种意义上，是选择盛装赴死。

小猛走的时候很平静，他笑得好像真的去到另一个世界做英雄了。

但他的家人不平静，他母亲掩面靠在他父亲的臂弯里，哭出来的泪水湿透了肩膀处的衣衫。他奶奶接受不了白发人送黑发人，不理解什么是生前预嘱，坐在医院的走廊上哭号得毫不体面，她责怪儿子、儿媳为什么要把孙子送来这里放弃救治，明明他还那么年轻，明明他还那么勇敢。

听到这个消息，我一瞬间慌了神，脑袋里各种杂七杂八的声音都没有了。

"怎么就……"我的嗓音有些哽咽，半天都没想好后半句。

长辈或者同龄人的离世都会引起我的沉思，更何况是这么小的孩子。小猛的离开让那层安宁疗护科的病房染上了沉痛的气息，饶是经历过上次樊爷爷的葬礼，对死亡有了更温和的直观感受，但当死亡真正来临的那刻，感受仍是完全不同的。

我想到了林薇的身体，下意识看向万崇。万崇是个很重感情的人，不管是对家人，还是朋友。当年万父车祸伤到了腿住院，万崇忙前忙后，半个月的时间稳重了很多，从那个俊朗安逸、不谙世事的少年一下子成长为家里的顶梁柱，解决医院的大小琐事、照顾情绪脆弱的母亲，同时还要兼顾学校课业和班长身份需要管理的班级事务。一个人身上的标签越多，责任越重，这些羁绊产生的感情便越深刻。

他虽未言说，但我想他这些天，甚至这些年，一定过得很不容易。

顾及林薇在场，我不敢和万崇有多余的互动，哪怕眼神也不行，我不忍心让任何捕风捉影的消息影响到林薇的身体状况。万崇大概也默契地坚守这一点，只冲我平淡地笑了下。我最终也只是匆匆说了句"还有事，先走了"隐藏情绪，结束了这次交谈。

从餐厅出来，耀眼的阳光刺得我睁不开眼睛，有那么一瞬间我好像回到了高二那年,我和林薇去鬼屋玩的那个周末。我和林薇在鬼屋内花样百出的机关阻拦下走散,当我慌里慌张地闯完关,如释重负地踏出鬼屋出口的那一刻,我在还未适应光亮的时候看到的万崇和林薇站在摊贩小车旁边的场景。

那时的他们登对美好,虽各有各的困境,可未来是光明坦荡、充满希望的。哪想如今,他们相拥、相爱,但等待他们的结局并不那么值得期待。

悲伤的情绪涌上心头,世间最痛苦,莫过于得不到和已失去。而正在失去且无可奈何的过程何尝不是痛苦的煎熬。

尹珉取了车,我坐到副驾,我们要赶往下一个约会地点,但因为刚刚的小插曲,我突然毫无兴致。

尹珉大概看出了这一点,毫无征兆地问我:"怕死吗?"

我因为在想事情,反应慢了半拍,茫然地偏头望去以示询问时,听到尹珉说:"把安全带系好。"

"哦。"

我应着,手摸了摸安全带发现自己一上车便系好了。我嘴角一动,正要开口,下一秒,尹珉将油门踩到底,性能高配的轿车在淡金色的地面上飞驰起来。

尹珉疯了似的带我体验了一次生死时速。我紧紧地抓住车门上方的安全把手,内心是怕死的,眼神中带着不可思议和百思不得其解，求救似的看向尹珉，尹珉的状态过于放松，从容地接受着这一切。

"你看，大胆地直视前方，这一路将会是你不曾看过的风景。"

我心里骂了尹珉一句"疯子"，胆怯而小心地转回了脸。日落大道笔直又空旷，尽头是如被打翻油画盘一般的唯美天幕，天幕之下是奔涌不息的浩瀚大海。

道路两侧的行道树飞快后退，偶有的几辆通行车辆被无情地甩开。

必须得承认，我在这心脏加速的时刻，拥有了一场酣畅淋漓的尽兴体验。当车速慢下来恢复到正常时，我嘴角扬起的肆意笑容迟迟没有卸下，我短暂地忘却了烦恼，带着放纵过后的畅快，后怕地感慨了一句："刚刚我以为自己真的要死了。"

尹珉语气轻快，说："死亡没什么可怕的，不过是一瞬间的事。但活着的痛苦才是实打实体验到的，同样，活着也是最开心的事。"

"你说得对。"我望着前方平静的晚霞，如是说。

至于我心里是怎么想的？我不知道。

我不知道自己是不是真的被尹珉说服了，因为工作后的我少了很多与人争论的执着，哪怕有人告诉我太阳从东边落下，我也会微笑地点点头,说"你说得对"。

关于死亡,我很难像对待毕业、跳槽这类事情一样,心如止水地接受。

我没有告诉任何人我的苦恼,我确确实实难过了好久,我时不时回忆起那天万崇的神情——那是一种无能为力的落寞。

我本以为,这是一种对疾病和死亡的悲伤和心痛,后来我才了解到,这种感情还要复杂一些。

我不再去接触和万崇、林薇有关的消息,物理性地躲避着,我后悔没能和小猛好好地告别,又矛盾地不敢去跟林薇好好地告别。

直到某个周末我跟闺蜜在三里屯的酒吧遇见了万崇,我们的故事才重新有了交集。

房露听我说完自己的经历,正评价着:"尹珉挺会开解人啊。别说,你们这互补的性格,说不定还真合得来。你说结婚了还能离呢,这世上有多少人谈恋爱不会分手啊。所以不要顾虑太多,没什么比开开心心重要了。况且他对你不错,总比谈一个奔着跟你结婚,但是会道德绑架你而自己屁本事没有的'普信'男好吧。保护好自己,别意外怀孕,清醒着热恋,开心一天是一天。"

房露说话时,视线百无聊赖地打量着周遭一张张俊男靓女的面孔。突然,她话锋一转,提醒我一起看:"我怎么觉得这个帅哥有点眼熟呢?"

"哪儿?"

我循声望过去。起初我都没敢认,万崇坐在吧台边,一杯接一杯地从调酒师手里接着酒,寡言失意的神情让他周身蒙了一层忧郁的气质。

之前我拜托房露帮我调查万崇,她见过万崇的照片,此刻自然觉得眼熟。

我把手里的酒杯放下,开始坐立不安,觉得浑身都不自在,回道:"他就是万崇。"

房露"哦吼"了一声,多看了万崇几眼,说:"真人比照片还帅。不过他是遇上什么难处了吧,这么喝下去要出事。"

确实是遇到难处了。我曾经换位思考过,如果我处在万崇这个位置,会如何处理这牵一发动全身产生的一系列问题。答案是我做的肯定没有万崇好。

我跟万崇不是一个行业,社交圈子重叠得少,但有关他的事,多多少少还是能打听到一些,至于准确度,我不敢保证,但我听来的话里,万崇的能力和口碑很好。这足以说明,万崇没有让生活的事影响到工作状态,这已经是一件很难得的事情了。前段时间我在医院里，自己看到了，也从别的病友及其家属口中听说过，万崇在照顾和陪伴林薇这件事上，做得也十分尽心尽力、毫无怨言。

在我的印象中，万崇不全是和善的一面。高中时，作为班长的他在自习课纪律太乱多次提醒仍无效时也会阴沉着脸管理，在父亲车祸受伤后的那小半年也会压抑沉默地面对生活。任何事物的存在都有光明和阴影两面，没有谁只用阳光爽朗的一面生活，万崇也一样。但我觉得他已经做得很好很好了。

正因为他昔日的稳重和踏实，让这一刻的他看上去无比脆弱。

我被他身上掩饰不住的破碎感刺痛，手指用力地捏了捏手里的玻璃杯，最终放下杯子，起身走向万崇。

有搭讪的女人在万崇那儿碰了壁，恋恋不舍地走开，见我走近时上下打量一番，耸肩："别白费心思了。"

我这会儿被万崇的状态牵绊住了思绪，连笑都挤不出来，在对方视线的尾随下走向万崇，截走了他正要接的下一杯酒。

"你喝太多了。"我接完酒，直觉自己越界了，但我仗着他醉酒，自己也跟着犯糊涂。

好在万崇靠着最后一丝清醒认出了我，说了句："是你啊。"对面调酒小哥落在我身上意味深长的眼神适才收敛些。

我把酒杯搁回到他面前。万崇长呼口气，却没动，很有自知之明地说了句："是喝得有点多。"

"最近遇到什么事了吗？"我问完，便知道答案。

还能是什么事？肯定是和林薇有关。

万崇没有回答，他沮丧忧郁的侧脸在嘈杂的环境中显得格格不入。

"你有过很喜欢的人吗？喜欢到此后余生只认准对方。"万崇突然开口发问，又像是自言自语。

我喉咙堵着，不知道如何回答这个问题。万崇似乎不需要我的答案，他只是需要一句话作为引子、转折、过渡，然后自顾自地说出自己的万千愁绪："我们做了很多关于未来的计划，可还没有完成几件，便突然发现没时间了。而我好像一下子被抽空了所有生活的精力，那些满怀期待的、精心计划的愿望，再没了计较的动力。"

万崇像是给自己打气般，摇了摇头，说了句"我不能说累，不能倒下，如果连我都倒下了，那便是彻底放弃了"，然后一把拿起一旁搁置的酒杯，把里面的酒一口闷尽。

醇香的酒液呛进喉管，激起一连串猛烈的咳嗽声。我被这声音震得心痛，但又无能为力。我曾经也试着联系这方面的医学专家，试图帮助林薇，但如今林薇自己放弃了治疗，所有人陪着她平静而体面地等待死亡。

那天我在酒吧陪万崇坐了很久,中途去了趟卫生间,回来时万崇已经趴在吧台上睡着了。调酒小哥见我回来,说:"姐姐,既然你们认识,你把他送回家吧,省得再联系其他朋友了,他一直睡在这儿也不是事。"

我点点头,自然是不会把万崇丢在这里不管,但还是得先问他的意见。

我拍了几下万崇的肩膀,把他叫醒,询问他怎么来的,要不要帮他叫个车回家。

万崇意识不清,声音含糊地"嗯"了声,估计以为是司机问的,直接报了住址。

我叫了车,拜托司机帮忙把人扶到车上,本想打赏个红包让司机把人送到家,结果司机师傅为难道:"我私自进乘客家中不好,再丢点什么东西我说不清的。姑娘,你跟着一块吧,也帮你朋友倒点水什么的。"

"……那行。"如果经过深思熟虑,我是万万不会越界的,但事发突然,话赶话说着,我没找到更有说服力的理由和更好的解决办法,便认同了司机师傅的建议。

万崇的住处是一室一厅的小户型,在司机的帮助下他被安置在卧室。送走司机后,我进厨房帮他冲了一杯解酒用的蜂蜜水。

再回到卧室，我看着那张陷在枕头里的英俊脸庞，想到了万崇在酒吧里的问题——你有过很喜欢的人吗？喜欢到此后余生只认准对方。

有吧，或者说曾经有吧。

反正尹珉不是，上一段恋爱的男友也不是。我觉得自己大概是病了，认识的人越多，越缺乏爱人的能力。我总计较着自己在感情中的沉没成本，吝啬自己的爱，又渴望被爱，好像只有对方先付出真心让我看到诚意，我才敢投桃报李，这样的自己双标得令人讨厌。可为什么不能是我先付出呢？再付出一次怎么样，像青春中那个不计后果、勇往直前的自己一样，义无反顾地再付出一次。我想，应该是不行的。青春一去不复返，而青春中的自己，也早已不在。

但有多喜欢呢？

这个程度我又该如何衡量和界定？

随着时间流逝，记忆被一年年地覆盖，人体细胞每七年更新一次，何况距离高中毕业已经过去了八年。我甚至不知道我怀念的是万崇，还是青春里纯粹莽撞的自己。

这么想来，也没有多喜欢吧。

我自以为深情的暗恋，其实自私得可怕。

床榻上，万崇眉头紧皱，呢喃着叫了声"小薇"。我如梦初醒，收回了即将要触碰到他眉眼的手。

把盛有蜂蜜水的玻璃杯放在床头柜上，我便离开了卧室，离开了他的家。

林薇那天在医院的话，如一根刺扎在我心里，我矫枉过正地保持着这份警惕。

我尽可能少地留下痕迹，不愿再造成什么误会，甚至想这件事被遗忘了才好。我不需要谁念自己的好。

但事实证明，事情发生了就是发生了。翌日一早，万崇打来电话，为昨晚给我添麻烦而感到抱歉，并且表达感谢。

宿醉后的他嗓子有些哑，还没有彻底恢复。我紧握着手机，心猿意马地听他说话，关心道："喝酒伤神，尽量少喝吧。喝得再醉，也不能解决问题。还不如睡一觉，至少睡醒后头脑是清醒的。"

"你说得对。"万崇是认同的。

电话迟迟没有挂断，我犹豫半晌后，询问："你和林薇没有生活在一起吗？我昨晚在你家没看到任何女性用品。"

鞋柜里连一双女士鞋都没有。虽说林薇如今在住院，几乎不回家休息，但万崇把家里处理得这么干净，即便在我看来，也是会为林薇鸣不平的。

"你发现了?"万崇倒是坦然,没有丝毫狡辩地承认。

但很快,他解释道:"是小薇自己收拾的。"

我一愣。

万崇继续说:"其实转入安宁疗护科后,她的状态依旧不好。如果说有变化,那可能就是从过去极端的等死,变成了平和的等待。她用仅存的时间,为自己料理着后事。她已经清点并处理了自己的遗物,和每一个朋友告别。我试着调动起她活着的欲望,但都失败了。她现在虽然还活着,但精神已经死去了。"

"怎么会这样……"我呢喃。

人是该在对生活的期盼和热爱中死去,还是在平静而漫长的等待中离开,这个问题我思考了很久,始终不得答案。

林薇如今选择了后者,提前选择了死亡。但前者才是存在希望的选择。

我想自己似乎明白了,为什么万崇执着于这场婚礼,或许正是为了让林薇与这真实的人间多一些羁绊,能够回心转意。

难道就真的没有办法了吗?

为什么要这样消极呢?

再见到林薇是在婚纱店,公司常合作的婚纱品牌,那天我带客户过去试婚纱，正碰见同样在那儿的万崇和林薇。

虽然我尚不知道该如何面对林薇，却也不再躲着她。

因为万崇那天的话，本该是喜庆的婚礼筹备阶段，在我眼中却压抑着一种难以言说的悲伤。况且，相同的场景，相同的主人公，我不可避免地想到了上次在晴荷万母大闹的场景。

我极具职业素养地保持着微笑，如常地和林薇打招呼，关心她婚礼的进度，仿佛对方临时更换负责人的举动不存在一般。我的落落大方，反倒让林薇不好意思起来。她主动跟我道歉又道谢，说谢谢我，还说我和阿崇一样都愿意包容她的无理取闹。

"放心，我不会缠你们太久。"林薇最后说。

天地良心，我所谓的坦然只是我在混迹职场多年练就的技能，绝不是为了勾起她的负罪感。我更不想听她如此放低姿态的道歉话语。

"林薇，小猛之前跟我说过一句话，我思考了很久。我问他怕不怕死，他说不怕，说人都会死。虽然这么说不吉利，但有句老话常说，我们不知道明天和意外哪个先到。小猛会死，你会死，我也会死。在真正的死亡来临前，谁也不能预估生命的长度。患绝症的人，有可能活得很久；身体康健的人，明天也可能发生意外。我们不要做被死亡困住的囚徒，我们要做自己思想的主人，我们此刻还活着，便已经很幸运了。不是吗？"

林薇莞尔，是我熟悉的神情。我知道，林薇感谢我对她说这些，但仅凭三言两语，影响不到她。

"你说得对。如果我单枪匹马，势必无所畏惧，但我不能再明知道是死局的路上，拖着别人跟我共沉沦。"林薇思维敏捷，这大概是她思考了很久很久的结论。她脸上没有沉痛和惋惜，甚至没有畏惧，她说，"椰青，你真的是个很善良的人。高中是，现在也是。我很开心认识你，也后悔没有早一点和你成为朋友，多一些相处的时间。你一定会获得福报的。"

她表现得太清醒了，比我都要活得明白，我没再多言。

倒是林薇想到什么似的，在包里找了找，抽出一张婚礼请柬，说："幸好带着。如果你那天有空，希望你可以来参加我和阿崇的婚礼。"

我接过请柬。请柬应该是他们自己设计的，上面的手绘图案是林薇画的，邀请栏里来宾的名字和婚礼日期是万崇写的。

我认识万崇的笔迹。

"我一定会去。"我珍视地把请柬收好，说。

都说婆媳关系是一大难关，但我今天的客户和婆婆的关系便处理得很好。新娘换好婚纱，起遮挡作用的布帘缓缓拉开，新郎抿唇皱眉，看不出喜怒，显得新娘脸上的娇羞有些尴尬，

她拘谨地问:"还可以吗?"

场子冷着,新郎正准备摇头说凑合,便被一旁的亲妈捶了下后背:"你挂着个脸做什么呢?这还不好看,我怎么生了你这么个嘴笨的儿子。"

"妈,你表现得太喜欢,待会儿不好砍价了。"

当妈的在儿子无奈又急切压低的提醒声中,反驳道:"砍什么价,再贵也买。小舒这辈子就穿这一次婚纱,你这花的不是衣服的钱,是对她重视的态度!"

笑靥如花的新娘被婆婆拉着手,听对方上上下下夸了个遍。

我在一旁盯着,简单地捧了几句场,移开视线时,扫见林薇也正盯着这处。

林薇来得早,已经试完,正坐在休息区等万崇结账回来。她一瞬不瞬地盯着这家婆媳间融洽的气氛,眼神里无言的情绪在流动。没看一会儿,她垂下眼,低落难掩。

万崇回来,敏锐地察觉出她的不对劲儿:"累了吗?那休息会儿再走。"

林薇抿着笑,轻轻摇头,说:"没事。我去趟洗手间。"

万崇应了声"好",面露狐疑。

等她的身影消失在洗手间的方向,我才在万崇迷茫的眼神中,询问:"婚礼那天,叔叔、阿姨会来吗?"

万崇看了我一眼，然后随着我的视线看向了不远处的两代人。

那位新郎看着不太善于言辞，笨拙死板地表达着爱意。新娘则完全不怪罪，全程表现得体贴周到，不难看出，是很般配的一对新人。

更难得的是，有一位通情达理、会提供情绪价值的婆婆。

——林薇也想得到万崇父母的认可。

万崇听懂了我的弦外之音，视线收回时，嗓音跟着低哑下来："我尽量让他们到场。"

我和万崇都不知道这件事会不会动摇林薇赴死的决定，更不知道这个决定即将带来的蝴蝶效应，但万崇竭尽全力争取着一切可能的机会。

有很长的一段时间，我都在后悔自己此刻的这个自以为是为他们好的提醒。因为万崇因此错过了一个最重要的时刻，错过了见林薇死前的最后一面。

不过，这都是后话。

那天在婚纱店和林薇、万崇见过面后，我和尹珉的感情出现了危机。

没有我在万崇身上的优柔寡断、踟蹰不定，我对待其他人一向快刀斩乱麻，宁愿错过也不想纠缠。但尹珉确实是另一个例外，在这段感情开始的时候，我便知道尹珉不是最正确却是最合适的选择。他像是一个引路人，阅历、才华、涵养等，他自己具有的和外界赋予的优秀品质，吸引着包括我在内的很多女性。我知道自己不是第一个，也不是最后一个，极其擅长处理两性关系的尹珉有着丰富的感情经历。

对于尹珉"爱恋人两分，爱自己八分"的感情观，我觉得自己跟他不谋而合，所以很多时候表现得亲密又冷情，我对此毫无负担。

只是我没想到，尹珉也有占有欲超标的时候。可能这是男人的本性吧，自己可以游戏人间纵情后不负责，但不允许自己被异性这样对待。

那天，尹珉的前女友，一个知性漂亮的女人，来公司找尹珉。当对方很顺利地进了他的办公室后，格子间里不少同事知道对方的前女友身份，意味深长地朝我这边投来视线。

我跟尹珉的关系在公司不是秘密，内部没有反对办公室恋情的明文规定，所以一直以来大家都是祝福的态度。

我对这些目光照单全收，沉心忙自己的事。

快下班的时候，女人才从办公室出来。尹珉送她到门口，对方临走前提醒："晚上不要忘记，我生日，记得来哦。"

尹珉应了句"知道",视线有条不紊地在格子间找我。

我和尹珉约好了一起吃晚餐,下班后一前一后离开公司,在电梯间碰面,然后出发去餐厅。

"晚饭后,陪我去参加朋友的生日会?"尹珉问我。

我盯着电梯内部上跳动的楼层数字,说:"不了。吃完饭我自己打车回家,你去忙就好。"

电梯里没有人,我没带任何应酬的微笑。可能是尹珉对前女友的态度让我不舒服,也可能是近段时间我因为各种琐事心情本就糟糕,这会儿一股脑成了让我断尾求生的最后一份勇气。

北漂这么多年,我承认自己在上进的过程中求稳妥自保。在这个大城市,没有靠山没有后路,很多时候只能依靠自己,所以我渐渐练就了凭直觉做判断的习惯。当我去到一个新的环境,认识了一个新的朋友时,如果其让我感觉到不舒服,那我一定会保持一份警惕心,伺机远离。

此刻,我从与尹珉的相处中感受到了不舒服,虽然说不出原因,但我已经做好了远离的准备。

尹珉大概误会了我的沉默是吃醋或者生气了。大概是我跟他之前遇到的其他女人不一样,男人天生的胜负欲和控制欲让他开始强调自己在我这里的存在感:"椰青,我是爱你的。"

"我知道。"我从没怀疑过这一点。很多人都说过爱我,我也相信他们在说爱我的这一刻的的确确是爱我的。但人生拥有无数个时刻,我们能预估的,我们不能预估的,所以轻易说爱的人这一辈子可以爱很多很多人。

尹珉又说:"你如果要我陪你,那我就不去了。"

人的感情何尝不是一种博弈呢。尹珉在台上推拨着筹码,我却早早有了弃子下场的打算。我温和地笑,说:"不用。你忙你的。"

大学时那任男朋友评价我,说我太专注于自己,明明别的女朋友都是黏着男友,恨不得一天二十四小时全天黏在一起,而我不同,我不但很少主动联系男友,甚至在男友联系我时把对方赶去打球、打游戏或者让对方随便找点什么事做,总之就是不要来烦自己。

几年过去,我依然是这个样子,没有长进。

可能我的确不是一个合格的恋人,我太容易让人没有安全感了。

尹珉盯着我看了有十几秒,然后拿出手机,找到刚刚聊天的对话框,按下语音键发了一条消息,告诉对面人自己临时有事,不去了,礼物会寄给她,最后说了句"生日快乐"。

我偏头,不解地看他这一系列操作。尹珉再次放下手机,没理会对方针对他这条语音回复了什么,一瞬不瞬地盯着我,强势道:"我的时间是你的。"

我突然感到有些疲惫,我选择跟尹珉试着培养感情,是因为觉得他是个清醒且通透的人,两个人在一起相处得会十分轻松,可现在我在这段亲密关系中感受不到我期待的那种轻松状态了。

我可能是有点回避型依恋人格。

我最终没对尹珉的生活指指点点,任由他自己做决定,只说:"还是算了吧。"

那天后,我和尹珉很少有接触了。就像我们这段关系开始时,没有一个明确的告白一样,当我决定分开时,我也不会挑一个黄道吉日正式地说一下这件事情。

成年人的世界里,相遇总是随缘的,而分别,大多是沉默的,不会再像学生时代那样要吃一场散伙饭,说以后即便不在同一个地方也要常联系之类的场面话。

生活中少了尹珉的活动痕迹,我恢复到了自己的生活节奏,继续看早已看过千百遍的街道胡同,继续挖掘不曾涉足的宝藏小店。

我是个擅长自洽的人,所以过得有滋有味,身心更自在了。

万崇是在一周后回晴荷的,他走之前特意联系我,问我能不能去医院陪林薇说说话。

我自然一口答应。

"我现在就收拾东西,这个周末都在医院陪她。"

"谢谢。"

他的语气听上去很疲惫,我犹豫之下问:"你还好吗?"

"我没事。小薇的状态比我差太多。"

这是不争的事实,令人无可奈何的事实。

我这次去医院,感觉林薇状态格外差。不知道她是因为过度操劳婚礼的事本就略显疲态,还是我一进到那间病房,看着隔壁换了病人的病床,总想起小猛,先入为主的伤感印象产生的影响。

我一度不喜欢病房的气氛。

我到病房的时候,林薇正在跟一个护士聊天。

我对这个护士有印象,小姑娘年轻,满身朝气,在各个病房人缘都很好。人际交往中,一个人是不是真心的,轻易就能看出来,她能以一副积极开朗的精神面貌处理工作,的确很难得。但此刻她手插在白大褂的口袋里,跟林薇说起自己已经办理完离职手续,结束今下午的工作,明天便不会来的事。

我在一旁听她的意思是,她很喜欢这个行业,但家人不支持。

听到这里,我不由得多看了这小姑娘一眼。人生在世,亲友等社会关系的羁绊会影响自己面对选择时,需要抱有顾虑,越是有关自己人生走向的大事,越是需要参考身边人,尤其是家人的意见。可能这些意见和自己的本心相悖,有些时候,我们也是需要听从的。所以能够完全掌控自己的人生,是一件难得且珍贵的事。

我还知道安宁疗护科有个规培生,原本是心外科的,因为冒失犯了错被调到这里。她怀着骑驴找马的态度,值班之余准备国考,一旦上岸或者有其他职业契机便会立刻离职。和这个迫于家里压力而离职的小姑娘是完全相反的情况。

每个人的际遇因果各不相同,有人想在这里,有人只是把这里当作跳板或者过渡。没有办法定义对错,我们的人生不就是在不断尝试中走向终点吗?回望自己的人生,都不该被用对错来衡量,都是心的选择罢了。

我突然想到如今的林薇便是从心的状态,她不受外界干扰,做出了自己的选择。既然这样,那我为什么不守护,反而要破坏这份纯粹的选择呢?

来的路上,我思考了很多种和林薇沟通的方式,但这一刻,所有的草稿都化为泡沫。

我突然觉得，选择没有对错，她开心就好，我完全没有立场说话。

林薇表现得确实很开心。她很乐观地跟我打招呼，还心情不错地聊起隔壁病房的八卦，说那个喜欢穿旗袍的姐姐恋爱了，对象是个又跩又酷的弟弟，还说晚一点带我去打个招呼。

我笑着说"好"，惊叹于其他病友的豁达心境。安宁疗护病房里的病人无一例外都是绝症患者，没有救治的希望了。处在这样的阶段，还能鼓起勇气开始新的生活，真的是一件很难得的事情。

林薇情绪受到感染般跟我闲聊的样子，让我想到上学时，她一连遭受两次无妄之灾的状态，她比所有人以为的都要坚韧。

如果不是万崇告诉我，她的状态真的很容易让人误以为她在积极生活。

傍晚的时候，我见到了林薇口中的弟弟。怎么说呢，对方身上丧家犬一样的颓废气质跟这里的环境很搭，我突然就不意外这段恋情的存在了。患绝症的人需要救赎，手脚健全的人也需要，我们多多少少都有着自己不可告人的疾病，通过各种各样的途径来自救或者他救。身体的衰弱和精神的衰弱在某种程度上并没有什么区别。

我刚燃起的希望，顷刻间恢复原貌，再度沉寂起来。

那阵子林薇也不喜欢待在室内,大概是思念万崇,所以她频繁地看向窗外,一会儿问我池塘里的荷花败了吗,一会儿又问我外面热不热、夏天是不是快要结束了。

所以我大多数时间都是推着林薇在楼下的小花园里晒太阳,陪她亲自感知大自然季节更替时的微妙变化。

蝉鸣始终不歇,骄阳高挂,夏天却是快要结束了。

而秋天,是他们举办婚礼的时节。

林薇是在万崇回晴荷的第二天开始高烧不止的。那天白天,林薇突然问我方不方便陪她去墓园看看家人。我担心她的身体状况,但见她实在坚持,便去跟医生沟通,用轮椅推着她出了病房。

墓园在郊区,路上耗费了将近一个钟头,我们才顺利到了目的地。

"好久没来了,都快要忘记他们在哪里了。"

我想林薇此刻应该是很紧张,因为她这句太像没话找话地缓解气氛了。我浅笑,在后面帮她推着轮椅,温声说:"今天天气很好,是他们知道你来,很高兴。"

林薇父母共用一块墓碑,黑白照片中,比肩并排的一对男女般配恩爱。能看出来,林薇的眉眼像妈妈,鼻梁和嘴巴像爸爸。有飞鸟从远空飘过,影子恰好从墓碑上划过,黑白照片

随着这光影明暗交错，更加生动了。

"爸妈，我来看你们了。"林薇坐在固定好的轮椅上，双手交握放在大腿上。她穿了一条鹅黄色长裙，整个人显得明快又俏皮。

她垂眼盯着裙子，用手指抚平上面的褶皱，继续说："原本打算带万崇来见你们的，但想了想，还是算了。"

这时有风吹过来，带动周遭的林叶"沙沙"作响，林薇好像是安静地听了会儿风声和树叶声，才重新抬起了视线，微微笑着，缓声说："今天是我的一个好朋友陪我来的，周椰青，我爸应该还记得，是我高中时认识的朋友，这几天都是她在照顾我。爸妈，我好想你们啊，你们再等等我，我们一家人很快就要见面了。"

接下来林薇安静了很久，风吹动了她的裙摆、她的发梢，把她的眼眶吹得发红。

她大概在心里说了很多很多的话，那些不方便我这个旁观者听的。

从墓园离开后，林薇的脸色憔悴了很多，我只当她来回折腾累到了，早早地提醒她休息。那晚我在医院里陪床，第一时间发现了她状态不对，按响呼叫铃叫来了医护人员。

病房里人多到站不下脚，我退到走廊上拨通了万崇的号码，询问他忙完了没有。我是一个还算幸运的人，长这么大没经历过生离死别，在工作中再大的场面处理起来也有条不紊，但此刻我承认自己慌了。

大概是我语气听上去不对，电话那头的万崇急声问："是小薇有什么事吗？"

我放平语气，说了林薇今晚的症状。万崇不等我说完，便道："我搭最早一班车回去。"

我坐在门口，头顶像是悬挂着一个隐形的时钟正在"滴答滴答"地倒计时。

不记得时间过去了多久，直到有个小护士走到我面前，告诉我林薇让我进去，我才麻木又机械地起身，小腿软着，扶了一下墙才站稳。

病房里，林薇平躺在那儿，床头没有任何抢救仪器，鼻孔没戴氧气罩或者呼吸管，她就那样平静地躺在那儿，那双又亮又大的眼睛闪烁着冲我笑，很浅很美的笑，不似学生时代张扬，但依旧美。

她就像临睡着前强打精神的样子，嗓音也是虚弱的。

我过去坐下，努力遗忘掉她此刻的状态，尽量表现如常："万崇已经在回来的路上了。"

"好。"林薇说，"那我等等他。"

我不敢做幅度太大的表情，因为我感觉自己脸部肌肉稍微一动，蓄在眼眶里的泪水便会涌出来。

大概过了半个小时，门口有人进来。我和林薇齐刷刷地望过去，进来的是护士，她来为林薇做基础的项目检查，温声细语地说着缓解情绪的话。我明明坐得很近，但仿佛耳朵被积蓄的泪水堵住了一样，什么也听不见。

所以我不知道护士说了什么，也不知道这些话对林薇来说有没有用，即便林薇此刻笑得和煦而平静，表现得十分配合。

护士来了不知道多少趟，我看了不知多少次墙壁上的时钟。我看着林薇入睡又苏醒，然后再入睡。我不知道她是真的睡着了，还是只是合一合眼皮休息一下。我害怕她睡着，害怕她醒不过来，所以我努力寻找着话题，不厚道地制止她入睡的意图。

在我又一次看时钟时，林薇善解人意地说："从晴荷回来最快也要三个小时，多给阿崇一些时间。"

我知道林薇去意已决，我已经想不出任何安慰人挽留人的所谓鸡汤话术，我穷极所思，决定跟她聊一聊现有的生活，试图让她多一丝对生活的留恋："马上就到秋天，你们要结婚了，你穿婚纱的模样那么美，该让更多的亲朋看到啊。万崇还在等着娶你呢，你们在证婚人和众多亲朋的见证下，交换戒指，承诺誓言，你知道，你们的模样多么令人羡慕吗？"

"婚礼啊……"林薇随着我的絮叨，好像真的幻想出了那天的情形，有草坪和阳光，有西装革履的新郎，和红光满面的她……

她眉眼弯弯笑着，道："我确实挺期待的。我跟你说过吗？在婚礼上用来当背景音乐的曲子我在很多年前就已经定好了，我一直相信我会嫁给阿崇。"

"会的，你一定会的，你们一定会很幸福的。"我语无伦次地附和着，不让气氛冷场，继续问，"你还有其他想做的事吗？等你身体恢复了，我陪你一起去做。"

有什么遗憾的事吗？有很多未完成。

有后悔的事吗？也很多。

"但是没办法了。"林薇笑着轻轻摇头，苦痛中隐约着一丝无奈。

我觉得自己太失败了，反倒是林薇安慰起我来了："椰青，我一直没跟你八卦，那天在餐厅见到的和你一起吃饭的男人是你男朋友吗？"

"不算。"我略一停顿，说得详细了点，"他是我公司的领导，我和他当时处在了解的阶段。"

"这样啊。那你理想男友的标准是什么样的？他符合吗？"

"我没什么标准。人合眼缘，靠得住就好。"我试图多说一些，避免林薇睡着，也减少自己对时间的过分关注。

但林薇并不打算睡。她兜了很大的圈子，终于切入正题："那你觉得阿崇怎么样啊？"

我只当林薇此刻是精力不支、思维跳跃，没有深想，只道："万崇挺好的。你们这段从校园到婚纱、从一而终的感情，很难得。他很爱你，你很幸福。你们以后的日子会越来越好的。"

林薇摇头，纠正我的话："没有以后了。椰青，我能感觉到，自己时间不多了。他的爱会随着我的离开而改变，不再是爱情，他终究会爱上别的人，我会在另一个世界祝福他的。"

我张张嘴，想要劝她不要这么悲观，但半天没找到合适的话。

林薇盯着我，语气认真地道："你喜欢他，对吗？"

"我——"我急切地开口，想要否认。

林薇并不在意这个答案，或者说，她认定了自己的判断。她只是笑了下，仿佛在说没关系。紧接着，她道："请原谅我这个自私的不情之请。希望在我死后你能给他一点机会，希望你不要因为我的存在影响对他的判断。"

我没想到林薇要说的是这件事，当即连忙摆头，说："不，我没有这个打算。"

我因为着急，有些慌不择路地承认道："我学生时代是暗恋过他，但太多年不见，大家改变很多，感情也不是当初的感情了。我是真心祝福你们，希望你能好起来。"

"我知道，我知道你是一个很好的人。"林薇说，"所以我才放心跟你说这些。如果他未来选择的人是你，我会祝福你们的，这样的话，至少我不会被你们彻底遗忘。"

林薇笑起来很好看，但也很令人心痛。

"以前看过一部电影，里面说遗忘才是死亡的开始。我希望我将永远被你们铭记。我不是死了，而是存在于一个永远不会与你们再有交集的时间线。"

万崇怎么还不回来啊？我局促不安，感觉多一刻也待不下去。

林薇的决绝让我感到无措，我丝毫没有因为她的嘱托感到幸运和如愿。

护士又进来了几次，万崇依旧没有回来。

当我查收着微信消息，询问万崇到哪里时，病床上的林薇眼皮虚弱地合上又睁开，缓慢地眨了一下眼睛。

她说："椰青，我可能要睡一会儿。阿崇来了，你叫醒我。"

当林薇的各项生理指标数据归零，在监护仪屏幕上呈现一条笔直的直线时，我在悠长尖锐的嘀声中，双耳阵痛，一度失鸣。

当我终于听清医生陈述患者的死亡时间和原因时，我随之听到了走廊上传来的急促而沉闷的脚步声。

万崇近乎是调动所有运动肌肉，发疯一样地赶来，冲进病房时，大口喘着气，半天没说出第一句话。

我在婆婆的泪眼中，模糊地看到万崇滑跪到病床前，失控地哭号出声，压抑、沉痛。

"为什么要跟我开这样的玩笑？我明明已经很努力了，可为什么这么难？"他的手捶在床沿，是骨头碰撞木板的响，身体的痛远不及精神的万分之一。

我转身，不再直视，克制着哭声，哭得浑身发抖，耳膜共颤。

万崇只迟了两分钟。

这个时间可以是两小时、两年，但不能是两分钟，万崇很长时间都在想，他在路上为什么不能快一点再快一点。这两分钟，成了他这一生的死局。

他们计划秋天结婚，可北京是没有秋天的。

林薇的去世对我们每个人都冲击不小，就像经历了一次精神的洗礼，整个人的能量场发生了巨大的转变，这种影响包括但不限于对生活的规划和人生态度的思考。

我想了无数种理由来解释林薇的离开，好让自己平静地接受，但我好像陷入了一个漆黑的山洞，摸不到出口，看不到光亮，我越急躁，便越迷茫。

我没有告诉万崇，林薇临终前的话，甚至没有为此付诸丁点儿行动。

有很长一段时间我的状态非常糟糕，房露怕我再钻牛角尖下去会抑郁，强制性地逼我停掉工作把年假休了。我们去了海南三亚，吃海鲜、冲浪、看椰林缀斜阳，行程安排得满满当当。

来到室外，热浪掺杂海风的腥咸扑面涌来。来来往往的多是前来度假的游客，脸上洋溢着悠闲放松。可我很扫兴，全程情绪并不高涨。我大概是触景伤怀，因为林薇开始讨厌炎热的气候，似乎这个温度伴随着的是一个又一个的噩耗，死亡和绝症，医院和葬礼，无数悲伤的元素争先恐后地挤在我的脑袋里，太丧了。

我后来才知道，那天万崇成功说服了父母来参加他们的婚礼。但这一切，因为林薇的去世，变得没有意义。

北京人来人往，我们每个人的得失与荣耀如同一滴水滴进汪洋，泛不起丝毫涟漪。

如果不想遇见一个人，那便真真切切的遇不到。

但是，万崇主动联系了我。

那时候已经入冬，下第一场雪的时候，我接到了万崇的电话，他说林薇给我留了东西，问我要一个地址，同城邮寄给我。

我站在格子间外的露台上，捏着手机，一鼓作气地问："是什么东西？我见面拿，可以吗？"

我还是没忍住，想知道他的近况。

过去的这个秋天，对万崇而言是煎熬的，对我又何尝不是。饶是当年得知他恋爱都没这般惶惶不安。不复存在的青涩和莽撞，让自己多了些敢爱敢恨的决心，而且那时候新鲜事物多，自身修复能力强，很快便被转移了注意力。可如今，随着成长，人生在不断做减法，性格更收敛，生活也单调，进入了一个足够安全的茧房，一旦受伤，可谓是伤筋动骨。

万崇在短暂的沉默后，和我约定了见面的时间和地点。

时间在周六上午，两天后，但我从挂断电话的这一刻便开始焦急地等待着。

我没有精力思考自己穿什么衣服，用什么香水，以何种面貌去赴约。我担心的是万崇的状态还好吗？见面后我该说什么，安慰吗？还是闭口不提林薇的事？安慰的话，该如何安慰？不提林薇，那还能聊些什么带动起万崇的兴趣？

我为这，一度没法专注地完成其他工作。

终于，周五到了，工作日结束，回家休息一晚便能和万崇见面。

正当我计划着下班回家后做点什么打发一下时间时，接到了万崇的电话。他说周六临时出个差，问我下班后是否方便见面。

我在万崇紧密的行程安排中惊觉，自己提议见面的决定或许有些任性了。我无措地咬了咬唇，说："我下班后有时间。"顿了下，我又补充，"如果你忙的话，同城邮寄也可以。"

说完，我便后悔了。

好在万崇说："见个面吧。"

我用很轻的声音应了声"好"，生怕万崇突然改变主意似的。

原本还要焦虑一晚上，事突然就提前了，我没有时间不安，下班后挤着晚高峰的人流出发，去了和万崇约好的餐厅。

是的。

我们约了吃晚饭。

大概嘴巴顾着吃饭，就可以不用聊天了。我想。

"我最近才有时间整理小薇留下的东西，应该早拿给你的。"见面后，万崇递来一个信封，同时说。

我摇头，说"没关系"，他完全不用为这件事道歉。信封很薄，上面写着"留给椰青"的字样，摸着里面像是薄薄的卡片。我犹豫之下，当场拆开，封口没有封，只是折了下，我倒出里面的东西，看到是一张拍立得合照。

我盯着照片上自己高中时的模样和一旁笑靥如花的林薇，可能是对这个年纪的自己，也可能是对林薇，心里油然生出一种久违的悲伤感。

这是再也回不去、再也不会有的青春。

这张照片是林薇转学前，我们一起拍的。不过我没什么印象了，那天我的注意力都放在销假返校的万崇身上，担心他家里的事，担心他的状态。

我把照片收回信封内，然后又把信封放回包里。抬头见万崇正盯着我放东西的动作，怔了下，猜他大概在想林薇吧。

我把包放好，故作轻松道："你在电话里说要去厦门出差，是去多久啊？"

"三四天。"

我点点头，又问："你之前一直在厦门工作，之后是打算留在北京，还是回厦门？"

我问得很小心，同时观察着万崇的神态。如果他表现出丝毫的不耐和被冒犯，那我一定会及时暂停。

但万崇没有，就像好友间闲聊般，他回答了我的问题："应该是留在北京。"

我眨眼，心里莫名地松了口气。

服务生过来上菜，我跟万崇没再说话，等人离开后，我们就菜品聊了几句，便开始专心吃饭。

说专心有些自欺欺人了。至少我做不到集中注意力，我看似是在吃菜，实则余光时不时就落到万崇身上。

万崇瘦了，肩膀平直，五官轮廓更清晰深邃。他垂着眼认真又虔诚地吃东西，下一秒，他眉头皱了下。

我下意识问"怎么了"，只见万崇将左手收到桌下，按了按自己左下侧的腰腹处。

然后他问服务生要了一杯温水，才跟我解释："无事。胃有点不舒服，估计是来的路上灌了风，吃饭压着气了。"

我没说话。可能是我忧心太过，过分脑补，总觉得万崇此刻的状态很令人担心。但当事人说没大碍，我也不好刻意强调。

我朝服务台的方向望去，想看热水有没有准备好。等了会儿不见服务生过来，猜想是不是店里太忙忘记了，正准备出声催一下，忽听"砰"一声，重物落地的声音，我偏头，看到万崇突然晕倒在桌上。

万崇被 120 送去医院，我一起上了救护车陪着。

到了急诊后，我才知道万崇过去几个月糟糕的饮食习惯造成这次的急性肠胃炎，并且引发了较为严重的并发症，需要住院做个小手术。

整个周末，我都在医院照顾万崇。

其间我接到尹珉的电话，约我去看音乐剧，我没有任何犹豫地拒绝了。万崇应该是听到了，等我挂断电话后，他说："男朋友？你不用在这儿照顾我，我可以请护工，你去约会吧。"

"不用。不是男朋友。"我多此一举地补充，"我没有男朋友，单身。"

这是实话。

我曾经冒出过尹珉或许是适合我的想法，但努力过后，发现并不适合。

我终究还是又一次踏入了这条叫万崇的河流。

因为住院，万崇的出差安排只能取消。周六傍晚的时候，他的同事来医院看望他，是个戴眼镜的斯文男人，叫贺盛，长得文静，但人很外向，说话也逗，来了后病房里冷清得让人难受的气氛一下子热闹起来。

我被带动地露了几次笑，虽说有些勉强，但看到万崇放松很多，跟着松了口气。

我疲于应付，趁机拿着空掉的水壶出去打热水，来到走廊上才发现自己忘记带手机，想折回去拿，却在病房外听到贺盛和万崇的聊天。

"人家这么贴心的照顾，女朋友？瞒得够紧的啊。"话是贺盛问的。

万崇的语气不带丝毫私情："高中同学，我来医院前在和她吃饭。"

"哟，单独约会。"贺盛说笑。

万崇轻"啧"了声："没完了是吧？"

贺盛打哈哈笑着，说："行行行，不提。既然你不喜欢人家，那帮我搭个线不介意吧，我感觉自己跟她挺聊得来的。"

"是，她一共没跟你说三句话，是挺聊得来。"万崇反讽。

贺盛："你就说搭不搭线吧？不搭就是有想法，朋友妻不可欺，你要是有想法那我就不惦记了。"

我托着空掉的水壶站在病房外的走廊上，屏息听见万崇说："等她回来我问一下她愿不愿意加你好友。"

"得嘞！"

我在贺盛清脆的应和声中，抬步走开。

我加了贺盛的微信。

我回到病房后，贺盛已经离开，万崇跟我提了这件事，我多少有些赌气的成分在，也可能是知道万崇的意思后，想撇清自己目的不纯的嫌疑，更方便留下来照顾他。

好友添加成功，我提前跟贺盛打了招呼：抱歉，我暂时没有脱单的想法，添加好友是不想万崇难做。

发送出去后，我思考这个表述是否妥当，要不再补一句？

没想到贺盛很通情达理，比我更直白：懂。你喜欢万崇吧？放心，我会帮你的。

我有点蒙。

我此刻坐在病床旁边的陪护椅上，认真把这条消息读了又读，心虚地抬眸看了眼病床上靠坐着的万崇，给贺盛回复了一个句号。

表示已读。

也表示默认。

贺盛卖朋友卖得顺手，自顾自说得起兴：有个人能照顾他挺好的。他这次生病住院我是一点儿不意外，他这段时间的生活方式简直就是糟蹋自己的身体，吃饭吃饭不规律，休息也休息不好，我真担心他什么时候就想不开了。

我当即重视起来，慢慢地坐直，追问：你们一起共事，没多提醒他注意？

贺盛：提醒了。没用。吃饭叫不动，下班叫不动，他跟入定了似的，油盐不进。我看他倒是挺听你的话，所以，妹妹，这个重任就交给你。

万崇不是听我的话，而是不好意思拒绝，下我的面子吧，况且我在病房里忙前忙后安排的，都是医生的嘱托。

我没跟贺盛解释太多，只道：我尽量。

"聊得还顺利？"万崇突然出声，拽回了我的神思，"别看贺盛思维跳脱，真遇到事挺稳重的，值得深交。"

我抬头，看了眼万崇小桌板上打开的电脑，搪塞地"嗯"了声，说："你看电脑的时间不是有点久了，先休息吧。工作的事再重要，也没有身体重要。"

这句老生常谈的话在我们之间，因为有林薇这个活生生的例子，变得更加有参考性。

我想到了林薇。

万崇显然也想到了林薇。

他刚落到键盘上的双手往回收了收，眼睛垂着看不清情绪，但很配合地关了电脑，呢喃了句："你说得对。"

万崇很快出院，回到自己的生活节奏中。而我开始把更多的时间花在万崇身上，知道他不好好吃饭，我预约了一家健康营养的私房菜，根据医生的嘱托亲自确定菜单，然后让外送员一日三餐地给他送。

怕他不吃，或者拒绝，所以让贺盛配合打掩护。每次都是送两份，用贺盛的话说，就是："崇啊，你这份是顺便的。你可是沾了我的光。"

贺盛好笑地跟我描述：万崇这几天看我的眼神变得十分复杂，好像是纳闷我有什么魅力还是用了什么手段，让你如此殷勤地又是送饭又是送水果。

我脑补了一下万崇的表情，失笑，只关心道：那他吃了吗？

贺盛：Of course！为了感谢你让我蹭饭吃，以后每次我都拍他的光盘给你。

就这样，万崇的饮食习惯勉勉强强被纠正回来，稳步往好的方向发展。

至于他的睡眠，贺盛帮不上忙，我能做的更是有限。

所以，我决定让林薇来劝他。

贺盛的掩护终究还是失败了，万崇知道了我费心安排他一日三餐的事。那天，万崇特意联系我，道谢，以及不需要我做这些。

"你不用觉得麻烦我感到抱歉，是林薇让我照顾你。"我说。

听到林薇的名字，万崇正色道："小薇？她说什么了？"

我轻轻咬一下唇，其实这不算说谎。林薇拜托我照顾他，我的确是这样做的。

"她猜自己离开后，你可能会受影响，让我多帮帮你。我原本觉得自己不适合管太多，毕竟你是个成年人，需要独立的恢复空间。但你这次肠胃炎住院，实在是让人放心不下。如果林薇在，她肯定会心疼的。"

我说完这番话，万崇沉默了很久。

"我知道了，我会照顾好自己的。"万崇最终说。

那之后，我没再给他送饭。从贺盛那儿得知，万崇开始自发性地参与到集体活动中，身上病态的偏执感弱了，整个人精气神好了很多。

很快到了春节，我在年假时回晴荷陪家人，在街上遇到了万崇。

我们去往不同的目的地，有一小段路同行，其间聊了些无关紧要的话题，最后我随口问了他返京的时间。

因为这个时间，我在订返京车票时，看着各个时段的列车，纠结了很久。晴荷到北京可选择的班次很多，我该如何猜中他选择哪一班呢？

思来想去，我决定请外援，给贺盛发了个红包，拜托他去打探。

返京那天,我习惯性地提早出发,在车站的候车室里看文件时,万崇拖着行李从面前经过。

"巧,你也这个时间回去?"万崇先开口。

我茫然抬头,从一开始的扫一眼,到认出是他,脸色诧异地摘了耳机打招呼:"巧啊。"

我们两个的座位不邻着,甚至不在同一个车厢。我特意订的是商务座,上车后,很顺利地和万崇邻座的那位乘客换了座位。

万崇看着我坐下。我故作平静地解释:"一个人坐车太无聊了,难得有朋友同车。"

这个借口生硬又蹩脚,但万崇没介意。

万崇面前的平板正在播放一部电影,平板壳上贴着一些"如意""上上签""福"等吉祥词的书法贴纸,我知道这是林薇的平板,里面下载的都是林薇喜欢的电影。

此刻万崇在看的这部电影,来自一位林薇很喜欢的导演。

大概是我盯着平板的屏幕有些久了,万崇递过来一枚耳机,问:"要一起看吗?"

我犹豫地接过:"谢谢。"

两个多小时的车程,刚好够看一部电影。电影结束后,我和万崇闲聊了几句相关的话题，列车播报马上要到北京西站。

旁边有乘客要从行李架上往下拿行李，一个瘦瘦小小个子不算高的女生，行李箱似乎有些重，她搬下来时有些吃力，我怕她砸到，在旁边帮忙搭了把手。

完事后，女生跟我道谢，看看我和万崇，说："你跟你男朋友很般配哦，祝你们幸福。"

我眨眼，有些愣，下意识地忘记了反驳，只浅浅礼貌性地笑了下。

万崇听到，很干脆地冲那女生纠正："只是普通朋友。"

那女生显然没料到，略显尴尬，欲言又止地看了我一眼，没说话，走了。

我没再坐回座位上，取下自己的行李箱，站在走廊上，等待到站。

万崇收了平板，自始至终没再提刚刚为什么要解释，但意思已经足够明确了。

我们搭乘地铁，去往不同的目的地。

我像是被兜头浇了一盆冷水，虽然对这个状况不意外，觉得是情理之中，可真正经历过，才发觉自己不可能完全不在意。我开始反思自己是否过于积极，说难听些就是倒贴。

我试着不去联系万崇，很快我发现，万崇也不会主动联系我。

于是，我们就这样断了联系。

我跟贺盛的联系倒是一直存在。

他会来打听我和万崇的最新进展，或者给我提供一些可以"借题发挥"和万崇往来的机会。他们公司团建的时候，贺盛甚至打算邀请我一起去，让我更深入地打进万崇的社交圈，但我拒绝了，因为我觉得万崇会生气。

成年人的话总是带着潜台词，万崇藏，我发现，我们很知趣地保持着体面。

在我以为我们的关系就止步于此时，出现了转机。

我在这个小区租住了两年，一直很顺利，这天，一楼的租户因为厨房漏水，找到了住在四楼的我，怀疑是我家漏水，要进来检查。

对方是个体型壮硕的中年男人。我独居，保持了一份警惕心，询问过后并没有开门。

对方暴躁易怒，蛮不讲理地在外面拍门、踹门。碰巧贺盛打来电话劝我去参加团建，听到我这头不对劲的声音，便询问了几句，我急着挂断电话报警，草草解释了几句，并且推掉了团建。

在我不知情的时候，贺盛联系了万崇，所以在二十分钟后，万崇比警察先到了。

家里有男人在,一楼的邻居不敢再嚣张,漏水的问题很快经过协商,确定了解决方案,只等维修工人上门。

我向万崇道谢,起初并不打算留他在家里久待,想要很不客气地借口要休息了,送他出去。但我心知他这次过来是帮了忙,出于待客之道也该让他进门喝一杯水。

当我留他喝水时,万崇却拒绝了,我有些失落,同时又松了口气。

万崇在临出门前,说道:"维修工人上门那天,如果需要帮忙,可以给我打电话。"

我感激地应着,却没有照做。

不想把问题复杂化。这是我的观念。

但那半年我的生活格外动荡,而每一次波折的化解,万崇都是其中不可或缺的存在。

夏天的时候,我在策划一场婚礼时,被污蔑成小三,遭到新娘和新娘家人的造谣和攻击,对方闹到了公司。

新人中女方是网红,美妆区的,百万粉丝。

不仅我工作的产业园区内被拉横幅,指名道姓地列举我的罪证。保安扯了横幅,对方再挂,还有人举着牌子或者发传单,

影响恶劣时连警察都惊动了。

公司为了大事化小,将影响降到最低,让我暂时回家休息。通知是尹珉下达给我的,他公事公办的语气说完,才说:"下班后我送你?"

我和尹珉的关系,现在及以后只是上下级,私人感情在上周我拒绝了他的求婚后便结束了。尹珉的求婚来得突然,跑车、玫瑰、钻戒,在大庭广众路人的围观和祝福中,他单膝跪地,深情告白,可以说是给足了安全感。

我在毫无准备的情况下经历着这一切,却没有被这份惊喜冲昏头脑。在我看来,尹珉的做法更像是一段亲密关系走入死胡同后找不到破局方法便强势地推动进度条跨入一个新阶段似的。可新阶段就能意味着是令人舒心的新生活吗?未必吧。这种不亚于揠苗助长的做法,是我一直不敢苟同的。我很清醒地拒绝了。然后我们的关系到此为止。

"不用,我朋友会来接。"

房露说好了来接我。这几天都是房露来的,所以我对此并没有怀疑。

临下班时分,我接到万崇的电话时,心里还是有些蒙的。听对方问我什么时候下班,我回答了。然后对方又说他正在往这边来的路上,大概还有几分钟到,我正不解,听见他问:"你的事，我听房露说了。她今天有事来不了，我正好在这附近谈事，顺路送你回家。"

我挂断电话后，立刻联系了房露。房露在那头笑得不怀好意，说："那什么，就下午碰巧遇见了万崇，闲聊时他提到了你。是他主动提起你的哦，我就是顺着他的话题多聊了几句，没想到一时口快把你最近的危机说出来了。我看他挺关心你的，然后我就小小地试探了一下，说这几天都是我接送你上下班，但我今天下午有点事，走不开。你猜怎么着，嘿嘿，万崇真是个大好人啊！他见我为难，又担心你，便主动说他可以去接你，正好找你有事。这不是巧了嘛。哎呀，青，你真不要谢我，都是万崇自己的意思。"

"……最好是。"我一个头两个大。我了解房露，知道她绝不是那种会心直口快说错话的人，反倒是那种会为了达到什么目的而装作不经意犯蠢的人。我从不觉得这样的习惯是缺点，这种聪明和机敏是很多人羡慕不来的。况且，你看，多亏了房露的小心思助攻，我和万崇才有了见面的机会。

我无时无刻不期待着与他的见面。只是当下我的狼狈处境让我难免窘迫，但一想到这一年来发生的各种事，我突然就看淡了，都是人生中无足轻重的小插曲罢了。

那天后，万崇开始接送我上下班，甚至通过他曾经对接

过的、我的同事关注我的情况。

就像我曾经帮助他一样,他也帮助着我。

我感谢他的帮助。

那阵子,房露总是开玩笑,说觉得我和万崇好事将近了。

房露不知道,万崇和我在一起时,聊得最多的只有林薇。他说他只有在我面前,才能肆意地提起她。

我问万崇是否经常想起林薇。

万崇说从来没有忘记。

这个夏天,我每每看到婚纱,总忍不住想起客厅抽屉里那张没有去赴的请柬,以及那个没有如愿出嫁的新娘。

我并非介意,只是不敢去挑战万崇对林薇爱得有多深。

夏天快结束的时候,赶上贺盛生日,他特意邀请我去参加他的生日会。这半年来,我跟万崇联系很少,但跟贺盛越处越熟悉,无关风月,是非常单纯的友情。

我实在找不到理由拒绝,便如期带着礼物赴约。

万崇作为贺盛的同事兼好友,自然也在。我们对彼此的出现都不意外,很自然地以老同学的关系,混迹在这场社交中。

游戏环节我被罚酒,贺盛一个劲儿在旁边起哄,说喝醉了也不怕,他肯定安全把我送回家。我跟贺盛太熟了,熟到一眼看出他挤眉弄眼的表情是助攻的意思。

但我心中叹气,估计又让他白费功夫了,万崇哪里会为我做什么……

等等——

万崇做了。他很不客气地叫停,说:"女生酒量小,剩下的我替她喝。"

我在贺盛得逞的笑容中傻住,看万崇把我杯中的酒倒进自己的杯里,然后仰头一饮而尽。

我低声道谢,但也只是道谢。

我其实比他还要害怕,怕他有一天会遗忘林薇,再爱上什么人,好像这样的话,他就不是我中意的那个万崇了。

秋天,林薇的忌日。

我去墓园看望她时,碰见了逗留在那儿的万崇。他似乎是坐了一整天,几乎要与周遭的枫林融为一体。

当着万崇的面,我突然不知道跟林薇说什么。毕竟林薇作为看破我秘密的人,我和她本该有更私密的话题要说。但此刻,秘密本身就在我身后。

我放下花,盯着林薇的照片看了会儿,只说了句:"你还是这么漂亮。"

从墓园离开时,万崇跟我一起。傍晚的余晖将我们两个人的影子拖得很长很长,时而交叠,时而分开,但我有意地保持着跟他的距离。

自打毕业工作起,时间便过得很快,回头望望,大概是因为每年都在做着重复性的工作,成就感低。

林薇走后的这一年,虽然发生了很多事,但也才一年而已,远不能让什么人的存在被取代。

我对此心知肚明。

顺着台阶往山下走的时候,万崇说起:"我妈寄了些特产来,下次见面我拿给你。"

"寄同城吧。"我很自觉地说。

日子有条不紊地入了冬,接着是圣诞、新年,然后开始放年假。

工作后,跟父母联系得不勤,回晴荷的时间更少。不知道是不是长辈和孩子没有了共同话题,见面时聊得最多的,便是催婚。

家里父母催得少,但街坊亲戚催得多,隔三岔五就要给我介绍适龄的小伙子。

老妈怕说多了惹我烦,每回都措辞谨慎地让我先见见,就当是同龄人间的拼桌吃饭，聊不来就算了。

我对待家人，典型吃软不吃硬，老妈姿态放得越低，我便越不好意思拒绝。

就这么连对方情况都没问，便答应了下来，想着只是吃个饭应付一下爱操心的亲戚，了解那么多做什么。

所以当我在餐厅发现对面坐着的人是万崇时，觉得人生有些戏剧性。

万崇显然知道来的是我，据他说是来之前才知道的。

晴荷不大，相亲相到高中白月光的事，屡见不鲜。现实相较于艺术创作，往往更为复杂。人是多面的，感情不是非黑即白，不能单一地定义。

所以，我并不知道，自己该如何做这个选择。

"要点餐吗？"他问。

我迟钝地点头，慢半拍又说了一句："好。"

相亲得以继续。

我想到我们自高中毕业后阔别八年重逢的第一次见面，在北京的那场相亲会，我因为重逢而忐忑，又因为被要联系方式而期待，然后少女怀春般等到了他的联络。但等待我的，是一条不知深浅的、青春时便出现过的河流。

如今，河流又一次出现。

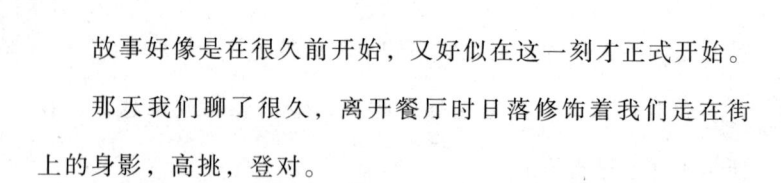

故事好像是在很久前开始，又好似在这一刻才正式开始。

那天我们聊了很久，离开餐厅时日落修饰着我们走在街上的身影，高挑，登对。

后来也见了很多次面，在北京，在晴荷。

我曾在时光中，一遍又一遍地描述自己的青春。

番外一 //
万崇·走马灯

我策划了他的婚礼

小嘉刚来家里时,总喜欢问,爸爸你喜欢妈妈什么?

万崇喜欢林薇什么啊?关于这个问题,万崇想了很久。

学生时代里,可能很多老同学以为是在升旗仪式上,其实还要更早一点。那应该是林薇到晴荷后、开学前的事。

那天,万崇跟同学约了在附近的公共球场打篮球。刚下过雨的小镇,空气凉爽清新,简直不要太舒服,就是没有铺柏油路的地方常有积水,映着高空的蓝天白云如同一面面镜子,可依然免不了一不小心踩一脚后的泥泞和糟心。

万崇经过路边的小商店时，随意摆头扫了眼，想着是现在买一瓶水，还是等打完球再买。就是这时，他看到了林薇。

林薇穿着深灰色百褶短裙和白衬衫，露出光洁的额头，高高地扎了一个马尾辫，标致立体的五官在阳光下十分惹眼。

林薇就是那个此刻心情糟糕的倒霉蛋，她买了东西从店里出来时，没留神一脚踩进了一个水坑中，黑色的制服鞋被浅棕色的脏污泥水点缀。她从手提袋里扒拉出纸巾，然后把那一大兜东西抱在怀里，单脚着地，抬起鞋子脏掉的那边的腿，小心地擦拭着。单脚踩地重心容易偏，只见她单脚蹦着在原地转了小半圈，才把鞋子擦干净。万崇自诩记忆力好，对周围的同龄人都眼熟，但这个女孩的的确确没有见过，因此多留意了几眼，印象深了些。

谁知那天打完球，又碰见了。

在万崇印象里爱干净的林薇，正从地上扶起了一位骑三轮车摔倒的老奶奶，顾不得老人衣服上沾的泥啊土的蹭到自己身上，林薇表现得积极又热心，和老人简单确认了身体有没有哪里摔着，又帮忙给老人的家人打了电话说明情况，从头到尾没有关心自己的衣服和手臂是不是蹭脏了。

这种反差让万崇对她的印象更加深了，所以高二开学，在晴荷一中见到她后，万崇一眼便认出来了。

因为这个开端，他们才有了一次次的接触，升旗仪式、初雪的伞、鬼屋等。

然后支撑他在厦门和林薇重逢、相恋、相守。

他们品尝过恋爱的甜蜜，也经历过生活的苦痛，一起见过对方的父母，她跟他回了晴荷，他陪她去了趟定陶。

万崇觉得，这些画面大概就是自己的走马灯。

有林薇，有定陶镇，有小嘉。

定陶镇是林薇读高三的城市，而小嘉是万崇有一年去那里时捡到的孩子。

那年，万崇去了趟广西，为的是私事。

林薇那年辞掉传媒公司的运营工作前便开始画漫画，能赚点小钱，有一小批拥趸的读者。后来辞职居家专心画漫画后，反倒人气有些下滑，可能是市场原因，也可能是自由职业的压力大，总之就是处境不好，这间接影响到她的情绪，更频繁地和万崇产生矛盾。后来她检查出淋巴瘤，压力更大了，画漫画的时间更少了。在更新换代如此之快的网络上，林薇这位本就名不见经传的漫画家很快查无此人。她有过沮丧，但这一生沮丧的事太多了，她渐渐便看开了。岂料，她对漫画创作的心态佛系起来后，连载作品的人气却有了一个小爆发。

她创作的题材是武侠类。黑白水墨的风格较为冷门，对创作者的绘画技艺考验较高，但好在林薇故事情节扎实有梗，逻辑经得起推敲，有热血有大义，不论是主角还是配角，人设饱满鲜活，不会脸谱化，这类故事有自己的读者群体。

这本漫画的人气在林薇的生命进入尾声时，实现了一个大爆发。漫画圈子里，林薇如同一颗沧海遗珠被万千读者挖掘、喜爱，往期的作品也跟着水涨船高，拥有了非常可观的网络数据。

林薇去世后，陆续收益的版权费由万崇按照她的遗愿，去定陶镇捐赠了一所希望小学。

定陶镇是广西的一个小乡镇，万崇过去搭飞机转高铁，然后又坐了汽车才到，这是一座连肯德基、星巴克都开不进来的小镇，全年多雨，气候温暖湿润，四季变化并不明显，因此冬天没有严寒，夏天没有酷暑，还算宜居。

那里的山啊水啊又十分美，万崇没来过这里，但这次过来，看到这些就感觉跟来过千千万万次似的。

这种恍惚的感觉，让万崇总忘记林薇已经离开的事。

只是夜晚走在室外，居民楼背后高耸的山像是蛰伏的巨兽，压迫感十足。

每当万崇看到这一幕,便会想起林薇提起自己高三生活时,脸上难言的沉默。她从未倾诉过自己的痛苦,但当年孤苦无依的她在这里过着寄人篱下的生活,心里大抵是不适应,甚至是难过的吧。

　　万崇想到,高三那年的五一,母亲原本是打算带着全家来广西看看桂林和阳朔的自然风光的,是他执意把计划改成了北京。没想到,他们以这样的方式"错过"了。虽说无伤大雅,对两人的结局改变不了什么,但曾经有段时间他想起这件事,总是抑制不住难过。也可能他那段时间生活本就充满悲伤,他只是需要一个原因来寄托宣泄这种悲伤的情绪,恰好选了这件而已,这也让他对这个细节印象深刻。

　　万崇一个人去了漓江坐游船。那天的天气其实算不上好,水比黄河水还要黄,太阳暴晒,因为水位上涨,原本四个小时的游船时间草草结束,同船的游客们怨声载道,整个过程像是打仗一样兵荒马乱,但万崇的心情格外宁静。

　　万崇这些年去过很多地方,早已对城市旅游"祛魅",但广西不一样,这里是林薇的第二个家乡,眼前有她生活的痕迹,空气中有她呼吸的味道。所谓绵延青山,葱茏锦绣,并非像纪录片中一样完美无瑕、令人神往,天气不好时,天空是灰蒙蒙的,当水位退下去后,岸边和江中沙洲的树上,挂满了水位上涨时留下的垃圾袋，红的、绿的、黑的，在自然风光中显得突兀又难看。不是所有人都能有幸一睹烟雨漓江的胜景，但万崇依然爱这里，就像爱林薇一样。

漓江两岸，十万青山，如果山神有灵，能不能让所念之人夜夜入梦？

他在定陶镇住了小半个月，是在离开的当天遇到了小嘉。那天他留足了时间来完成汽车转高铁再搭飞机的波折行程，临出发去汽车站前，在街边的早点铺子吃下这段时间吃过的不知道第多少碗粉，瞥见了一个跟路边野狗抢食的小孩。

小孩的头发长得已经能遮住眼睛，衣服脏烂不合身，简直比刚从石头缝里蹦出来的孙猴子还要像野人。但他眼睛格外亮，炯炯有神，还凶，像是饿得直冒精光，又像是被欺负惯了逼出来的护食本能。

万崇好心地请他吃了一碗粉，但临上车时发现自己的钱夹包括里面的证件全部不见了。

原本他还乐观地想是落在了哪里，等一路找回去，站在米粉店结账的柜台前，听着老板用带着浓重口音的蹩脚普通话告诉他："被偷了，肯定是被那小疯子偷了。"

被偷了。

万崇回头望了眼他一刻钟前坐过的餐桌，小疯子坐过的那把椅子凳腿有些晃，但当时他坐得很稳，丝毫没受影响。万崇当时手臂越过桌子，想拨拉一下他额前挡住上半张脸的头发仔细看看他那双眼睛的时候，小孩应该是怕被揍，本能地抬臂阻挡呈自我保护的姿态，没喝完的粉汤被打翻，而他逃也似的从凳子上蹿起来，踉跄地撞了万崇的肩膀一下，朝着万崇的背后跑去，夺门而出。

小孩的身影很快消失在街上拥挤的人群中，桌上用来装粉的不锈钢盆晃晃悠悠终于落稳。

万崇的钱包大概就是被撞那一下时被偷的。

万崇在粉店老板的提醒下在镇上一处废弃的工厂里找到了小孩。万崇到时，他正跟另外几个流浪汉打架，准确地说，是被一群人围着欺负。他估计是被打出经验了，很有防范意识地护着头，蜷着后背把自己缩成小小的一团。

万崇从墙角抓起一根木棍，边挥着棍子，边出声恐吓着，过去救人。或高或矮的流浪汉乌泱泱地跑开，只留下蜷缩在泥地里浑身发抖的那个。

万崇看到了他刚刚蹿起来咬其中某个施暴者胳膊的一幕，牙尖嘴利的，这会儿没第一时间走太近，用棍子碰了碰他：

"喂！没晕吧？"

小孩猛地扭头看万崇，呼吸很用力，长长的刘海后面，那双眼睛是真的像林薇。

万崇抿了抿嘴，沉默片刻后，才问："他们为什么揍你？你偷他们东西了？你爸妈呢？家里没大人管你？"

万崇一连串的问题，估计小孩不知道回答哪个了。只见他磨磨蹭蹭地坐起来，用本就脏兮兮的手胡乱抹了把脏兮兮的脸，一时间根本说不清到底是手脏还是脸脏。

那天，万崇在那个小破厂和小孩僵持了很久，有意无意地朝他的眼睛看了很多眼。两人的缘分，就是在这时候绑下的。

小嘉这名字是万崇给他取的，在对方被万崇带回北京后。

这个过程并不那么顺利。那天他的钱夹是从小嘉手里要回来的。里面的钱都没了，证件和卡还在，但他仍然改签了航班在定陶镇多留了一天。他带小嘉去了当地派出所，地方民警说小嘉家里人都死光了，原本在镇上的福利院生活，是小嘉住不惯，自己跑出来的。至于为什么跑出来，谁也说不清。万崇这个外来人，不是正义警察，掺和不了多少，也没精力掺和这些。他还有工作和生活，假期就这几天，已经延期了。他给米粉店的老板留了一笔钱，让他见着小孩就给小孩喂点吃的，就当做个善事了。结果万崇发现这小孩从自己离开派出所去米粉店便跟着，然后又跟他回了宾馆。不过小孩没进来，因为刚要迈脚跨进来，被宾馆的鬈发老板娘挥着鸡毛掸子赶出去了。万崇回头瞥了一眼，狠了狠心，没管。

那夜下了雨，万崇睡到半夜，在湿冷中醒来，福至心灵地拉开窗帘朝街上看了一眼，然后便看到街对面小卖部门口残破的遮雨棚下，蜷缩着一团黑漆漆的影子。

万崇的心被狠狠地揪了一下，知道那里是个无家可归的孩子。

万崇撑着伞出去，把人抱回了宾馆，给他洗热水澡、换干净衣服，白天一身虎劲、凶着眼看人的小孩此刻高烧不止。小镇上外卖不便利，这个点尚营业的药店距这里并不近，外面雨水瓢泼，万崇放弃了出门买药，从行李箱里带着的常用药里凑了几样，用温水给他喂下去，然后一条接一条换着冷毛巾帮他物理降温。这么点大的孩子，身体素质倒是还不错。约莫过了半个钟头，小嘉有了点意识，万崇只在这里住一晚没储备什么吃的，给他烧水泡了一桶泡面，看他呼噜呼噜吃下去。折腾了一夜，烧也算是退了。

次日一早，小嘉睡眼惺忪地从床上坐起来，看万崇把自己的行李箱拉好拉链竖起来。

"醒了？醒了就自己走吧。我也该走了。"

小嘉被这句话里的某个字电到似的，猛地从床上弹起来，鞋子也不穿，哦，他没有鞋子，昨天那双脏鞋和那身脏衣服一起被丢在卫生间里，他身上此刻穿的是万崇的T恤和沙滩裤，肥肥大大，非常不合身，挂在他瘦骨嶙峋的身体上勉强掉不下来罢了。

小嘉踩着被子角差点把自己绊倒，跟跄着站稳后，一把揪住了万崇的裤腿，意思是不让他走，或者说要跟他一起走。

两种情况当然都不可能。万崇这时候刚三十岁，虽说三十而立，但他自己过得稀里糊涂，自己还管不明白呢，把这么个孩子带走算怎么回事。

但小嘉死死地拽着他，死活不松手。

谁也没料到，就是在广西多留的这一晚，改变了他往后余生。

带小孩回来的过程很曲折，各种手续不断。后来要帮小嘉落户，还是各种手续不断，万崇不知道找了多少关系才办下来，后来小嘉上学，又是各种手续。

刚开始万崇和小嘉相处得也不顺利，小嘉爱偷东西的毛病，万崇帮他纠正了很久才改好。

他还爱打架，万崇养这么个孩子，打不得骂不得的，万崇被小区里的孩子家长找上门兴师问罪的时候，一个头两个大。

万崇得工作，根本没法一天二十四小时看着，给他戴了块小天才电话手表，结果小嘉自己鼓捣着把定位关了，有回自己玩失踪，万崇找了大半个北京城才在火车站把人找到。那是万崇第一次冲他发火，真想买张车票把他送回广西撒手不管了。小嘉被骂得鼻子一耸一耸的，委屈巴巴地说以为万崇又不要他了，说在家里没有看到他的行李箱。

万崇哑火沉默，前段时间加班，在公司放了几样换洗衣服和毛毯，今天带个空行李箱去公司把那些东西装回来，谁知小嘉会误会这个。

万崇不知道说什么，把人从地上抱起来，就像当年抱着他从定陶镇的宾馆出去买鞋一样。

"怎么来这儿的？用跑的？"

"嗯。"

"你还能记得路线，厉害。"

"我跟着公交车路线跑的。"

"那你更厉害。"

这么大点的孩子听不懂嘲讽，紧紧地抱着万崇的脖子，不撒手。

万崇就这么开始了他的单亲爸爸之路。

家里的两个老人肯定是不同意的，但自己的孩子都处理好了一切，他们还能说什么，从起初不情不愿、无可奈何地接受，到后来，打心眼里喜欢小嘉这个孩子，觉得有这么个孩子养着也不错，重要的是，儿子现在精神状态好了很多，不像前几年那么没有斗志了。

万崇从高中起便在不停地寻找林薇。高三那年林薇转走后，他去过北京，虽说是跟父母在小长假期间一起去旅游，但去北京这个目的地是他选的。站在繁华拥挤的首都街道上，万崇从未停止过四处张望的视线，他不抱希望地期待着，期待着能在某个转角、某处公共场合，再看到林薇的身影，等到那时，他一定会第一时间冲上前，笑着跟她说一句"嗨，好巧啊"，事实就是，万崇没有这样的机会。

万崇对自己的大学志愿一直是迷茫的，好像国内这么多省份，去哪个城市念书都没差别。直到拍毕业照那天，他见到了林薇，状似无意地询问过她的志愿后，万崇这艘迷航的船才终于找到方向。

那年秋天，他在厦门找到林薇，决定再也不弄丢她。

此后那么多年，他一直努力践行着当初的承诺。流水淙淙，岁月漫漫，万崇和林薇当真携手走过了一年又一年。他们的人生的确没有生离，只是天下没有不散的筵席，他们经历了死别，万崇又一次把她弄丢了，再也找不回的那种分别。

可万崇仍旧不死心地寻找着，窥见丁点儿有关她的回忆，便开心得难以复加，像是失而复得某样珍宝的孩子。

万崇也曾遇到另一个女孩，是他和林薇的昔日同学。

林薇没有留下一件遗物，却唯独留下了一样东西要万崇转交给周椰青，万崇知道，林薇这是帮他做出了选择。

万崇尝试过的。

但失败了。

万崇清醒地知道，自己不能，不能辜负一个好女孩的感情。

后来万崇零零散散又遇到了几个人，年轻的，知性的，像她的，不像她的，但万崇除了一次次想念她，从未有哪一刻动摇过。

好在他的余生有小嘉陪伴，可以了。

看着小嘉那双像极了林薇的眼睛，万崇感觉林薇一直存在般。他去上班的时候，她才回家，等他回家休息，她或是出差或是聚餐，她一直存在着，存在于一条与他没有交集的生活线上。万崇有阵子觉得自己病了，得了臆想症，疯狂脑补着林薇的事。年迈衰老的父母避开他一遍遍地抹着泪，他也想活成一个正常人。他从小孝顺，大事小事跟家里有商有量，给足了父母尊重，可林薇的事是他唯一一次也是最后一次叛逆。他遗憾自己的任性让对自己有生养之恩的父母伤心，但也无能为力。

小嘉的存在确实让一家人有了个良好的情绪寄托。

他是不幸的，流浪街头过了几年苦日子，但他又是幸运的，得到了万崇和万崇父母等人毫无保留的疼爱。

林薇当年在定陶镇没有遇到救世主，但这个孩子遇到了。

小嘉大名万嘉林，上学晚，但脑瓜子聪明，比同龄人要早熟很多。不像刚到万崇家里时会盯着照片中的林薇问万崇她是谁，七八岁的小嘉出门在外已经一口一个"妈"地叫林薇，"我妈怎么样怎么样的""我妈多好看好多看的"，他鬼机灵多，从小养成了坑蒙拐骗爱撒谎的坏习惯，但这种时候，他的这个习惯让他在说起林薇是他妈时，有鼻子有眼的，十分玄乎。万崇虽然总对外声称自己已婚，但自知那是虚的，而如今小嘉这副模样，让万崇觉得这事再真不过了。

早些年，是万崇带着小嘉去看和林薇走过的地方，去看当时计划去看但没有看过的风景，去户外享受自由，也在社交中怀念着林薇。

后来，是小嘉带着万崇，山河湖海，烟火人间，父子俩路过着俗世冷暖。

万崇最终还是继续爱了她很多很多年。

哦，小嘉也是，爱着这个未曾谋面的妈妈。

番外二 //

周梛青·难得有情人

我策划了他的婚礼

那天,周椰青做了个梦,在梦里,她和万崇在一起了。

梦嘛,缺少前因后果的,很多时候逻辑满是漏洞。周椰青觉得,一定是万崇先告白的,因为她绝对没有勇气主动踏出这一步,就像曾经,她连看向万崇的目光都是小心翼翼、生怕被发现的。所以,一定是万崇率先表明了心意,她才敢一点点表露自己的真实想法。如果是这样,那他表白时会说什么呢?周椰青不知道。她突然觉得自己并没有那么了解万崇。

更令她没有想到的是,他们在一起后,随之而来的生活并没有期待中的甜蜜。他们成为话题的焦点，那些探究、八卦的目光如一簇簇火苗，没有人问过她真实情况如何便把她架到了火上。

他们说周椰青跟万崇早就暗通款曲了，要不她有事没事就往医院跑是为了什么？又偷偷地说，之前那谁还撞见周椰青跟万崇一块在三里屯的酒吧喝酒呢，喝完两人打车回了一个住处，这能叫没事？年轻气盛的一对年轻人关上门打扑克吗？这话说出去谁信啊？

就像在睡梦中想要拨一个电话号码却永远输不对般，周椰青心里叫嚣着，想要捂住那些人的嘴，想要为自己争取解释的时间，可她喉咙堵着，快要烧起来了，澄清的声音根本发不出来。

周椰青发疯、咆哮、崩溃、绝望。

万崇也出现在她的梦里，但这一点并没有让周椰青感到开心。因为当她遭受身边人的口诛笔伐时，万崇并没有果决地站在她这边。万崇站在一个中立的位置，有自己的阵营，他说："随他们说去，我们知道事实是怎么样不就行了？"

梦里的男人冷静、坚定。周椰青觉得他这句话是令人信服的，因为他是那么爱林薇，在他的世界里，一切事物遇到林薇都得让路，而周椰青算什么呢？连替代品都算不上，不过是一个恰好出现的故人罢了。

周椰青在孤立无援的状态下醒来,她盯着大亮的天光,一头冷汗,胸膛不停起伏,久久难从思想牢笼中抽身。

她甚至开始分不清,刚刚的一切到底是虚假的梦,还是一种基于现实具有参考性的预兆。

往常周椰青做梦梦见点什么事,等起床洗漱吃点东西,就忘得差不多了。这么大的人了,又不是第一次做梦,多可怕的梦没做过,还能被假的事情困住不成?可今天的周椰青便被困住了。

胃是典型的情绪器官,周椰青情绪不对劲,自然吃几口酸奶麦片便咽不下去了。她坐在餐桌旁,盯着白花花云朵似的酸奶和被泡得发软失去口感的麦片,心情糟透了。

她想到之前别人安慰她的话,说是晚上做了噩梦,醒来一早把梦里的事跟别人说说,那这梦肯定不会成真,就不灵了。

虽说这样的说法纯属无稽之谈,但周椰青这会儿确实需要跟人说一说话,找点归属感以此来平复心情。

如今还能听她说说这些矫情疼痛文字的,也就房露了。

房露作为她在北京最亲密的人,几乎见证了她这几年每一次重要特殊的人生节点。

林薇去世后，周椰青的生活状态跟着一落千丈，从那个在职场中有事业心的女青年变得得过且过，面对刚入职的年轻员工毫无分寸和自知之明的背刺，表现得毫无斗志。她顾着管理纾解自己的情绪和杂事，的确忽略了工作。她在很久之前便认清，工作于她而言只是获取薪水来维持更优质的生活，以及获得社会价值和认同感的。

而如今，她连精神健康地活着都是困难的，又何必好高骛远地追求什么优质生活和社会认同感呢？她的首要任务是先做一个人格独立的人。

况且那段时间，她的状况实在是惨。她跟着一群新认识的朋友去新疆自驾，想着能看看山川湖海找回迷失的自己，但她非但没有如愿，反而更加惨了。

这次的惨是指身体上。她跟着一群自驾的老司机上路，在无人区时，说是逗能也好，心血来潮也罢，当然，周椰青觉得自己更像是鬼使神差，她望着辽阔空旷的疆土，主动提议自己来开一段路。

她的驾照是高三的暑假考的，后来上大学，又工作，在北京没什么开车的机会，首都地铁线路发达，打车也非常方便，自己开车什么的反而花费更多的时间，也就逢年过节回晴荷

时，开个一两回。

那天，她坐到驾驶位，乐观地美其名曰："练练手。"

结果周椰青操控方向盘没十分钟，刚刚进入点儿佳境，便开始得意忘形。这边的路没有那么好开，副驾的老司机跟她分享了几句经验技巧，周椰青听着，也不知怎的，方向盘脱了手，朝自己转了大半圈，等周椰青重新紧握住时，整辆车的车身已经肉眼可见地偏斜，而轮胎碾压着石块，颤颤巍巍，重心不稳地朝着路旁的石壁撞去。

副驾的老司机探身过来帮忙打方向盘都来不及，就这么发生了车祸。

肋骨断了三根，周椰青失去了行动能力，整日躺在床上做康复。

新疆那边的医疗条件有限，周椰青辗转费了好大的功夫才回了北京。用房露的话说就是，花多少钱是一方面，主要是遭罪。周椰青出院后有大半年得打着腰封生活，别说工作了，维持基本的生活都是问题。而且这事还不能让家里知道，怕他们操心，好在两代人本就在异地，平时联系电话居多，周椰青也就潦草地瞒过去了。

但后来还是让家里人知道了。好在那时候周椰青已经康复了大半，能自由脱戴腰封，也有精神外出走动了。见她轻描淡写地说着自己的状况，做父母的红着眼眶心里难受，但也松了口气，一再叮嘱她日后多加注意。

这腰封一用就是大半年，这期间周椰青没有跟万崇联系过，甚至很少提起这个人。

周椰青瞒得很好，只有房露知道那场由万崇引起的病还没有痊愈。

碍于强烈的道德挣扎感，周椰青没法喜欢万崇，但见过万崇，又没办法喜欢上别人。

她瞒着所有人，又喜欢了万崇一年、两年、三年，好多年。

后来，周椰青结婚了。新郎自然不是万崇，是她相亲认识的一个麻醉科医生，叫赵呈錾。人踏实本分，生活习性简单，没有任何不良嗜好，甚至可以说非常居家"贤惠"，而且他的家境不错，靠着自己和家里的支持，早早地在工作的医院附近买了房，而且富贵人家的公婆很有格局，对周椰青宽容又理解，婆媳关系和睦。

说来也巧，就是万崇也参加过的那场相亲会。当时周椰青满心满眼的注意力都放在万崇身上，对赵呈錾没有什么深刻的印象，但赵呈錾对她的印象很深且不错。后来赵呈錾的表妹结婚，是周椰青帮忙策划的，于是两个人一来二去就熟悉了。

之所以在一起……嗯，这个事有些意外。周椰青父母临时造访，正碰见赵呈壑送她回家。赵呈壑是典型的很讨长辈喜欢的别人家的孩子，而且这些年周椰青父母没少给女儿操心婚姻大事，一直都是以失败告终，如今看到点希望和苗头，当然是争取一切条件抓住，偏偏赵呈壑还不断给长辈递机会。于是，在周椰青没有防备的时候，父母比她对赵呈壑还要了解。

周椰青那年三十了，她在北京工作生活，几乎没有年龄焦虑。但只要她想到父母养育自己这么多年，含辛茹苦，结果自己连对方希望自己早点成家的愿望都满足不了，便开始焦虑了，越想越觉得自己自私和不孝。

这种念头冒出来的次数多了，周椰青开始认为自己"该结婚了"，尤其是当她看到赵呈壑频频为她父母花费心思之后。比如给她妈的营养品，给她爸的膏药，这些生活化的、很基础的事情，连亲生女儿都会疏忽的细节，赵呈壑都记住了。

所以，周椰青跟他恋爱了，然后水到渠成地步入了婚姻。

那段时间，周椰青很少想起万崇。本以为她在潜移默化中已经接受了这个事实，但当她和赵呈壑开始无休止的分歧和冷战后，周椰青才意识到，自己没有忘，也没有发自真心地接受当下平稳和睦的生活。

婚姻中的某一方一旦有了私心，日子便过不到一块去了。

能不能养宠物、为什么忘记丢垃圾、冰箱里我准备的要带去公司的便当被谁吃了，以及父母催我们要个孩子，诸如此类的问题，有大有小，如同一张网，让他们的生活变得不见天日。周椰青开始觉得像赵呈壑这种从小被父母规定了成长轨迹的人，没有经历过什么挫折，除了经营出来的体面形象，大多数时候以自己为中心，是典型的利己主义者，他的优渥条件成了周椰青不敢苟同的存在。

后来周椰青想，归根结底还是自己太别扭了，一直没有真正地走出万崇这个迷宫，平白伤害和耽误了赵呈壑。

尤其是当父母得知她和赵呈壑离婚的事，生了好大的气，说周椰青不懂得享福，不知道珍惜，一遍遍地说赵呈壑是多好的一个人啊，对她好，对她的家人也好，有什么可挑的理。

周椰青有口说不清，对房露倾诉的次数也少了，因为她在潜意识里认定自己是过错方，愧疚感让她没有脸面分享这些事，因为说什么都像是在甩锅。

那年的春节，周椰青都没有过好，家里阴云笼罩，周家父母估计是以为只要他们反对的态度足够决绝，那事情就还有转圜的余地吧。周椰青放弃争辩，根本解释不清。

周椰青在家里待得压抑，打算订提前几天的车票回北京。

在北京无亲无故的,也没有人关心谁的身上会有什么样的故事,没人会念叨她为什么要离婚,大城市的冷漠和边界感给足了周椰青安全空间。

不过她在订票时,迟疑了几秒,最终退出了页面,把手机收起来,出去逛逛吧。

小镇的发展速度被按了暂停键一般,明明路边的铺面种类都在变化,可这里给人的印象永远是十年如一日。小时候觉得这里好大啊,骑车去买什么东西要骑好久,时间慢慢悠悠,像孝妇河里的水,不仔细看都看不到流淌的痕迹。但现在再瞧,只觉时间怎么会这么快,眨眼五年、十年、十五年。

周椰青在夜深人静的时候都开始想自己将在什么时候死亡、会以什么样的形式死亡,又想自己与这个世界与这个社会的羁绊到底在哪里——是父母吗?那等父母接连离开,自己还有什么?朋友吗?可等朋友有了自己家人、孩子,自己还是对方最重要的存在吗?除此之外,还有什么?

她大概不会再结婚了,也不会有孩子,工作中同事一茬接一茬到来、离开,她好像认识了很多人,又似乎没有几个能在她的生命里留下举重若轻的痕迹。的确没有什么人了。

晴荷确实不大,街坊邻里都是亲朋,周椰青没走一会儿,便碰见一个熟人。对方要了二胎,正是孩子要办满月酒的时候,见到她顺嘴提了这事:"明天有空来喝酒啊。好多老同学都来,好多年不见了,正好聊聊天。"

对方上下打量着周椰青,说:"刚走过来都没敢认,大城市的风水就是养人啊,你看你真是越来越年轻,咱俩站一起,哪像是同龄人啊!啧啧,你背的这个包包不便宜吧?这个品牌的入门级款我收藏了很久都没舍得买,还是大城市好啊!"

确实是太多年没见了,不管当年读书时感情如何,如今再见,熟络热情的语气里不是老友见面的亲切,而是令人尴尬生疏的客套场面话。周椰青伸手不打笑脸人地应着,也关心了她几句,顺便问:"都有哪些同学啊?"

周椰青本意是打听一下有没有万崇,但对方报了几个名字,周椰青发现自己一个都不记得,不是跟老同学对不对得上号,而是她对这几个名字本身就十分陌生。

高中毕业实在是太久了,久到周椰青还惦记着万崇像是一件多么荒唐可笑的事情。

现在如果周椰青跟别人说起,自己大概还惦记万崇,包括房露在内,估计都会骂她一句你是不是有病。他为你做了什么值得你喜欢?周椰青你醒醒吧,你现在三十多了,早已不是十三岁了,不要这么天真好吗?这个年纪还抽风似的恋爱脑,说出去会被人笑话的。

可如果不是喜欢，为什么周椰青会频繁地想起他呢？

周椰青偶尔也会想，是不是应了那句"年少不得之物终究会困人一生"，并不是他有多好，有多适合自己，只是因为没有得到过，所以对这件事一直耿耿于怀。如果真的得到了，也就没这么偏执了吧？毕竟再喜欢的事物，也终有"祛魅"的一天，不脱粉回踩已经算好了，谁会爱谁一辈子呢？得多喜欢才能支撑过柴米油盐的琐碎、家长里短的疲惫，想必如此相爱的两个人根本不会互相错过吧。

所以她跟万崇，终究不是有缘分的人，周椰青自我安慰般心想。

那天，周椰青绕路去了万崇家的水果店，铺面早已经换了生意，不是万家在经营。听街坊说万家父母这个春节去北京陪小孙子去了。

周椰青抓住话里的字眼，有一瞬的错愕，但不等她出声确认，便自嘲地笑了下。林薇去世多少年了，万崇一个大好青年，结婚生子是再正常不过的事。她何必执着于这个呢？她自己没有勇气越过道德底线去接近、追求他，还不允许万崇勇敢地开始自己的新生活吗？

在晴荷待了没几天，周椰青便回了北京。

这次回来周椰青的状态好了很多，用房露的话说就是想开了。她工作上有了斗志，生活上忙装修的事，跑前跑后，跟各方人员磨嘴皮子。

这一年周椰青爱上了喝酒，各种各样的酒，家里装修时专门辟出了一块区域做吧台，各种口味的饮料酒调起来花样不比三里屯的调酒师差，她在家里喝，也去酒吧喝。就是那段时间认识了一个弟弟，说是××大学大四的学生。周椰青记得自己大四的时候，站在人生的分岔路口，纠结到底是升学深造还是找工作，整个人迷茫得不行，但她盯着这个弟弟看了好久，也没在他身上看到丝毫年轻的烦恼。

那天是在三里屯的酒吧，这个大四男生不知道是谁带来的朋友，房露也在。估计是周椰青看得太久了，乐于助人的房露误会了她的意图，媒婆似的开始搭起线，对这个帅气弟弟的夸奖不绝于耳，花样百出。

但房露通过周椰青递来的无奈又冷淡的眼神，便知道，没戏。

不能说周椰青没有从思想的囚牢里走出来，只能说，还需要时间。可需要多久呢？谁也不知道。

周椰青再遇到万崇是在一个雨天，那天她要去三亚待几天散散心,但因为暴雨,机场的所有航班都延误了。周椰青本就有事耽搁到机场迟了,还打算说要不要改签,但收到机场的通知后,这下不慌不忙开始慢悠悠赶路。

当她领完登机牌、托运了行李,去安检时,不经意地朝隔壁安检口扫了一眼,就这样看到了一道熟悉的身影。

是万崇。这个声音在周椰青的脑海里冒出来时,她心中腾地烧起来,休假的散漫情绪全副武装进入战备模式。

他们有多久没见了?两个月,三个月?不,是两三年。

上一次见面是在酒仙桥附近的一家咖啡馆。周椰青跟朋友约了在那儿碰头,遇见了在那里跟人谈事的万崇。当时两人各有各的事在忙,周椰青都不确定对方有没有注意到自己,更别提特意多留一会儿找机会说话了。那次回家后,周椰青遗憾了好久,总觉得自己并非赶时间离开,为什么不能留下好好打个招呼,问问对方的近况呢?

因为上一次的遗憾,所以今天再遇到万崇,周椰青铆着劲儿加快了手上的动作,争取快一点再快一点,想要在他消失在茫茫人海前,叫住他。

安检人员有条不紊的工作速度,在她看来变成了慢吞吞,周椰青越发急了。偏偏过了安检,有安检员提醒,她的鞋子需要重新过一遍。周椰青无法,只得去到一旁的休息处把鞋子脱下来交给对方。

鞋子一来一回，没费多长时间，但这点时间在此刻的周椰青眼里十分珍贵。她急急忙忙地把鞋子穿好，取了自己随身带上机的行李，慌里慌张地朝隔壁安检口望去。

看到万崇的身影仍然滞留在那边时，周椰青明显松了口气，整个人像是重新活过来般。

她整理一番自己的衣衫，确认形象完好后，才抬步朝对方走去。就在这时，周椰青看到了刚刚被万崇身体挡住的一个七八岁的小男孩。小男孩穿着和万崇相配的亲子装，模样酷酷地站在那儿，而背对着周椰青的万崇正在帮男孩整理翻起的衣领，一大一小的父子俩是如出一辙的英俊。

周椰青渐渐放缓了自己的脚步，猜到这个男孩大概就是万崇父母过年去北京陪伴的小孙子，不由得失去了思考能力。明明不是第一天听说这个消息，对他的选择表示理解，可真正见到，心中不免有些唏嘘。

她一直以来抵触和坚持，在这一刻显得像是一场笑话，更像是她为自己的懦弱和自卑找来的借口。没有人有义务为了某个已经离开的人停留在原地，她自然也不必。

周椰青站在穿梭流动的机场人流中，隔着一段距离望着那个方向很久很久。等周椰青感觉自己眼下发凉，下意识抬手去摸时,才意识到自己在流泪。

而不远处的小嘉骨碌碌转着大眼睛打量着周椰青,表情不解地歪了歪头,然后对身旁的万崇说:"爸爸,那个阿姨好奇怪啊。"

万崇把随身带上机的双肩包勾起来,再拖过小嘉那汽车造型的行李箱,随后扭头:"哪个阿姨?"

一大一小的父子俩齐刷刷地望向同一处,但周椰青的背影早已消失在人流中。

万崇没有看到目标人物,拍了拍小嘉的行李箱,说:"走了,行李箱自己推。"

"哦。"

周椰青到卫生间整理了仪容仪表,然后找了家咖啡吧待着。落地玻璃窗外,停机坪上不断有飞机滑行或降落或起飞,就像人生,有人来,有人离开。她在嘈杂喧闹的环境里,心情格外平静。

周椰青一直坐到登机通知响起才起身。

几个小时后,飞机在中国最南端的海岛降落。空气的燥热席卷而来,周椰青拿出墨镜架在鼻梁上,脱掉厚重的外套,衣着轻盈地取了行李箱往外走,整个人懒洋洋的,打算回酒店后先小睡一会儿。

周椰青订的酒店有接机服务，她打电话联系时，对方服务周到地表示自己已经在接机口外等候了。周椰青对照着对方发来的车牌号很快找到那辆黑色商务车，放行李，钻进车里坐好。

司机师傅却没立刻走，告诉她同航班中还有两位客人要一起出发去酒店，询问她是否方便稍微等一会儿。

周椰青查收着飞行途中错过的手机信息，表示了同意。

三四分钟后，周椰青收起手机，视线投到车外看蓝天白云和路边的行道树时，余光捕捉到了两道熟悉的身影。同航班的乘客，她很难做到眼熟，即便是邻座。

因为周椰青今天见到了万崇，整个人变得极其不在状态，思绪始终处在出走状态，这会儿被三亚闷热放松的气氛一打扰，才有了些度假的心情。

只是不料想，这份心情会这么快被打搅。

周椰青心脏"怦怦"跳着，有某种预感般，看着万崇领着小嘉朝她这辆车走来。她不知道司机是什么时候下车帮对方往后备厢里放行李的，等再回神时，后座的车门已经被人从外面拉开，小嘉蹦蹦跳跳、心情愉快地先上车，见到周椰青，率先"咦"了一声，然后扭头跟万崇说："爸爸，是那个看着我们哭的阿姨。"

万崇慢半拍地走在后面,帮小嘉挡了下车顶,免得他撞到脑袋,同时在他的提醒下,朝周椰青看去。

周椰青哪里料到事情如此发展,脸上的神情是疑问和无措,忘记了怎么开口打招呼。

这边是临时停车,万崇在司机师傅的催促声中上车坐好,关了车门,等有条不紊地帮小嘉扯出安全带示意他自己扣上,才对周椰青笑了笑,说:"好久不见。"

周椰青勉强露出一个能看得过去的笑容,接话:"好久不见……"

是真的,好久不见了。

他们在青涩懵懂的青春期相识,曾走散在某一个盛夏时节,兜兜转转,少男少女早已褪去稚嫩,成长为独当一面的大人,幸运地又一次重逢,在一个明媚闷热的午后。

番外三 //
某种老朋友

我策划了他的婚礼

那天去酒店的路上,周椰青一直在观察万崇和小嘉。岁月对万崇似乎格外温柔,他始终是自己记忆中的模样,变化的不过是身上驾轻就熟的沉稳气质。周椰青自己也变了,比如她如今被万崇逮住打量的视线时,并没有像学生时代那般第一时间躲闪佯装无事发生,而是大大方方地上扬嘴角,露出一个好看自在的笑容,并且主动熟练地找话题:"小嘉妈妈没一起吗?"

万崇看了眼正抬着手腕用自己的电话手表对着窗外风景拍照的小嘉,说:"他是我领养的孩子。"

周椰青有一瞬间的愣怔，她不由得朝小嘉的方向望了眼，很健康活泼的小孩，能看出来万崇把他养得很好。不论是机场过安检时父子俩的互动，还是从机场去酒店这一路上，父子俩相处得很融洽，万崇一向会照顾人，如今成为新手爸爸，依旧没有露怯。

周椰青尽量把自己的惊讶掩饰好，状似不经意地问起："没想过再开始一段感情吗？"

周椰青问得很小心，一瞬不瞬地盯着万崇，不放过他的每一次微表情。

"看缘分吧。"万崇模棱两可地回答，视线从小嘉身上收回，看向周椰青时换了个话题，"别光说我了。我之前看房露朋友圈里发你结婚了，恭喜。"

周椰青觉得，万崇大概是知道自己对他的心思吧。毕竟坐在火炉旁的人，怎么会感受不到暖和的温度呢？她说："去年就离婚了。"

万崇没想到是这个结果，说："抱歉。"

周椰青失笑，缓和气氛般用一个轻快的语气道："你说什么抱歉啊？"

"我不小心提错了话题。"万崇回答。

周椰青无所谓地摊手，说："没事。我跟他是和平分开，没什么纠纷,我现在过得挺好的。"

这个话题的确不适合深聊,车厢里气氛有短暂的安静。

司机师傅等红灯起步前的十几秒里朝后排望了眼,听他们说话的意思是熟人啊,但好像又没有那么熟,偏偏两个人的气场如此相衬,本该就是一路人,清醒冷静但心中是滚烫的。明明这个女人看上去更阳光积极些,可她的眼神中有些谨慎的情绪在,总觉得男人更稳重坚韧,但男人又太冷淡了,没有女人看上去会社交。总之,这两个人互补又融洽。

商务车沐浴在明媚的海岛日光中,顺着海岸边的公路行驶。

"你——"周椰青试图打破这份沉寂,想要找话题聊一聊,但最终放弃了。

她想问的是,你还爱着林薇吗?但她不等问出口便知道了答案。怎么可能不爱。活着的人永远不可能战胜一个死人。再亲密的关系也会在相处中变得面目全非,但与故去之人的记忆相反,它只会在漫长的时间里被镶嵌上金箔,所谓心头的白月光和衣领上的米饭粒便是这个道理。

万崇抬起视线,眼神疑惑地无声询问,状况之外地等待她的话。

周椰青笑了笑,找了个无伤大雅的问题,接上自己刚刚刹停的话:"你们在三亚待几天?"

"能待一周。小嘉的假好请，我休假只有这几天。"万崇说完，问，"你呢？"

"我也差不多。"周椰青说。

他们断断续续聊了很久，到达酒店办理完入住便各回各的房间。分开时，小嘉挥着手，很礼貌地说："小周阿姨再见。"

"再见。"周椰青回了个温柔甜美的笑。

他们的确很快见到了。周椰青回房间小睡了会儿，简单收拾了下便出门，想着去吃点东西，如果能找到一家可以看到日落的海边餐厅就更好了。正盘算着，周椰青走出电梯间，经过酒店一楼的大堂时看到了一个人坐在休息区的沙发上晃腿的小嘉。

是小嘉吧？

周椰青凑过去仔细看了眼，在对方脆生生地叫了句"小周阿姨"后，才不争气地确认。

她这记性还没有小孩好呢。

主要是这小孩换了身衣服，沙滩裤搭配印着花哨图案的衬衣，比一身牛仔服看上去还要酷，周椰青一瞬间不敢认罢了。

"怎么你一个人在这儿，你爸爸呢？"周椰青问。

"爸爸忘记拿墨镜，回房间去拿了。"小嘉说完，视线避开周椰青的阻挡看向她的后方,说,"喏,我爸爸回来了。"

周椰青回头,便看到换了和小嘉同款亲子装的万崇款款走来。他手长脚长,加上北方人个头本来就高,但凡模样稍微周正些,讲究搭配点,形象都差不多,偏偏万崇的五官精致立体,底子过硬,自然鹤立鸡群般十分惹眼。

"也要出去?"万崇和她打招呼。

周椰青点头,让自己的视线不要那么露骨,说:"出去吃点东西。"

万崇点头,这时"噔噔噔"跑到万崇身边的小嘉开口了:"我们也要去吃东西。阿姨你是一个人吗?要很多人一起吃饭才会更香。"

万崇揉了揉小嘉的脑袋,看向周椰青,问:"我们也是去吃饭,要一起吗?还是你喜欢一个人待着?"

"方便一起吗?"周椰青看看万崇,又看向小嘉。

小嘉小大人似的,主动邀请:"方便啊,我喜欢热闹。"

傍晚,他们一行三人去吃了椰子鸡。餐厅在商场内,没有窗户,看不到周椰青期待的日落,但她的心情依旧很好。饭后一行人又去了夜市,找了一家生意不错的摊子,开了几个珍珠蚌,运气很好,小嘉开出了一颗又大又圆润的,唯一的那处瑕疵被老板给打了孔，嵌上一个链托，挂了一条细细的链子。

小嘉最终把这条项链给了周椰青。

周椰青受宠若惊："给我？"

小嘉笃定地点头："我很喜欢你，小周阿姨。"

周椰青不知道自己什么也没做，怎么就讨孩子喜欢了。她不是第一次收别人的礼物，却是第一次收这么小的孩子给的礼物，她不知所措地朝万崇投去求助的目光，万崇说："小嘉在跟你示好。"

意思是让她收下。

周椰青笑着，双手把项链接过，说："谢谢小嘉，阿姨很喜欢。"

后来周椰青更具体地了解到小嘉在被万崇收养前是怎样的一种生活状态，她才知道万崇这个单亲爸爸将小嘉养得很好，自信、独立且优秀。

这一趟来三亚的惊喜简直不要太多，周椰青这段时间的失眠症状在到三亚的第一晚并没有发作，她拥有了一晚很舒适的睡眠。

翌日一早，周椰青去酒店内的自助餐厅吃早餐时，又遇到了万崇。当时周椰青正跟房露视频通话，因此和万崇打招呼时，房露在电话那头也看到了，咋咋呼呼地起哄："你俩真不是偷偷去约会？都是单身男女，大大方方的，怎么整得跟偷情似的？"

这个点，自助餐厅人满为患，周椰青端着餐盘没找到多余的空位，在万崇的允许下不客气地和他拼了个桌。视频通话的声音是外放的，没达到扰民的地步，但周椰青确定，万崇肯定是能听到。她轻声"啧"了一声，制止房露的故意打趣，澄清道："真是偶遇。"

房露附上毫无诚意的笑容，道："是是是，偶遇，纯属偶遇。知道你俩有缘了，行吧？"

这话正说反说都被房露给说了，周椰青知道自己拦不住，又闲聊了几句，便挂断电话。

周椰青没急着跟万崇解释，倒不是说任由气氛暧昧下去有什么私心之类的，只不过觉得万崇对自己没这方面的想法，自己解释颇有种越描越黑的趋势，索性找了个别的话题岔过去。

"小嘉没下来一块吃？"

万崇说："昨晚兴奋到大半夜还在泳池里泡着，没叫他，让他多睡一会儿吧。"

周椰青点点头，说："小嘉挺懂事的，很讨人喜欢。"

"这两年开朗多了，我刚带他回来的时候跟只小刺猬似的,比较缺乏安全感。"万崇说这话时眼神温柔。

周椰青突然觉得,这样的状态就挺好的,没有遗忘谁,也没有因为谁停滞、堕落。生活可爱,阳光晴朗,他们每个人都拥有了光明的未来。

早餐时间结束,万崇带了个三明治和几样水果回到房间。小嘉已经醒了,他坐在地毯上,面对着一大一小两个行李箱在揉眼睛。听到开门声,他才猛地从地上跳起来,鞋子也顾不上穿就往玄关跑。

万崇低头看看撞到自己怀里的人,说是个孩子,一身的牛劲儿。他摸摸小嘉的头发,问:"做噩梦了?"

估计是刚到北京生活那段时间小孩子身体大病小病总不断,万崇养成了习惯,见他有反常便探探他的体温,确保正常才放心。

小嘉脸埋在万崇身前的衣服里,闷声闷气地说:"爸爸,我醒来没看到你,还以为你回北京了。"

"你是我儿子,我回北京能忘记带你?"万崇起初会经常把"不会不要你""不会把你丢回广西"挂在嘴边,但后来,万崇更多的是做,在生活的方方面面给足小孩归属感和安全感,慢慢调整着他这种患得患失的心态。小嘉太独立早熟,特殊的成长环境让他不会像同龄小孩那样天真烂漫。万崇只能努力尽自己所能保护他的天真。

万崇觉得效果已经很明显了，可能是到了一个新环境，小孩子有点认生。

万崇温柔地说："好了，去洗脸。吃了早饭我们出门，不是说去海边游泳？"

"去！"小嘉一听游泳来了精神，踏着小碎步去卫生间刷牙洗脸。他在基础生活技能上一向独立，不用万崇跟在后面收尾。

小嘉换衣服时，突然想起来问："爸爸，今天小周阿姨还跟我们一起吗？"

"你希望她一起吗？"万崇自顾自忙着自己的事，反问。

小嘉清脆道："希望的。"

万崇便说："那你去邀请她。"

"好哦！"

—全文完—